Chantal Mirail

La galère pour des cacahuètes

Polit̸ar aux Minguettes

Couverture Simone Baud

Tu veux que j'te dise le quotidien d'un maghrébin
quand t'as 20 ans ?
Le quotidien, c'est moi qui l'vis,
Le plus souvent c'est moi qu'ils visent.
Ridan

J'ai la couleur du beur qu'la vie transforme en balayeur.
Ici c'est chez moi.
Ridan

© 2020, Chantal Mirail

Edition : Books on Demand,
12/14 rond-Point des Champs-Elysées, 75008 Paris
Impression : BoD - Books on Demand, Norderstedt, Allemagne
ISBN : 9782322192557
Dépôt légal : Mars 2020

Les Minguettes. C'est la première fois que Laureline voit ce quartier mythique, symbole des banlieues où brûlent les voitures des bons citoyens. Il lui a fallu à peine dix minutes depuis la rue des Remparts d'Ainay pour parvenir au sommet, au cœur du quartier. Elle rit, nerveusement : elle connaît la Turquie, la Tunisie, l'île de la Réunion, les sept Laux, la Bretagne et elle n'a jamais vu les Minguettes. Etrange, non ? Pour y aller, elle avait pensé passer devant le Carrefour de Venissieux, seul point de repère qu'elle a par ici, mais sa marraine lui a conseillé de partir de Saint Fons. Sa marraine est la seule qui n'a pas hurlé quand elle a dit qu'elle allait faire un stage aux Minguettes. Au contraire, elle lui a raconté qu'elle avait autrefois une copine qui y habitait, qu'elles allaient au marché ensemble, le plus intéressant de toute la région, et elle lui a expliqué la route à suivre. Laureline a décidé de repérer les lieux avant son premier rendez-vous. Elle a quitté les bords de Saône et monte une rue bordée de villas cossues. On lui avait dit que les grandes tours du quartier avaient été détruites après les émeutes de 1983 suivies de la longue marche des beurs et qu'on les avait remplacées par des villas.

Mais de si belles maisons ne peuvent pas être habitées par des émigrés! Ont-ils été chassés et remplacés par des familles plus riches ? Un nouveau panneau lui fait comprendre que tout simplement, elle n'était pas encore arrivée.

Alors Laureline entre aux Minguettes. Et c'est une véritable forêt de H.L.M. Elle tourne d'une rue à l'autre, oppressée comme une petite fille perdue dans un pays inconnu. Elle arrive sur la rue principale, aperçoit le cinéma Gérard Philippe. Tiens, c'est donc là ? Un cinéma qui lui évoque des films d'art et essai et des animations culturelles. Juste à côté un groupe de jeunes beurs, visière de casquette sur la nuque, sont perchés sur leurs scooters. Beurs. A-t-elle le droit de les désigner ainsi ? Beurs, rebeu. Elle pourrait dire maghrébins. Non, ils sont français. Ou arabes ? Ou musulmans ? Aucune raison de mettre en avant une religion ! Pour l'instant elle ne dira rien, c'est plus sûr. Cette peur toujours de faire une gaffe, en jeune fille bien élevée...Elle est pourtant bien décidée à rompre avec son milieu BCBG. Un panneau indique une synagogue. Elle tourne vers ce qu'elle croyait être une contre-allée, c'est une allée d'immeubles. Un vieil homme en djellaba passe à côté de sa voiture, elle avance, pensant sortir un peu plus loin, des plots barrent la route, elle doit faire demi-tour, elle se sent nerveuse, rate sa marche arrière, regarde autour d'elle pour voir si on la regarde, un jeune garçon la dépasse. Ouf ! La voilà sortie de l'allée ! Il vaut mieux ne pas être poursuivi dans ce quartier !

Une boucherie Hallal fait l'angle d'une rue. Deux femmes discutent, assises sur un plot. La plus jeune, vêtue d'un court blouson de cuir, berce un bébé dans son landau, l'autre a un foulard sur la tête et une longue jupe ample. Que de monde dehors en cette nuit fraîche de septembre ! Dans son quartier, dès que les magasins de la rue piétonne sont fermés, on ne voit plus personne dans les rues, sauf devant les restaurants. Tiens, au fait, pas de restaurant ici. Elle ne sait plus très bien où elle est, elle tourne à droite, encore à droite. Un toit attire son attention, des sortes de coupoles. On dirait une église. C'est une église. Elle en fait le tour, ralentit. Oui, c'est une église, c'est même écrit. C'est la première fois qu'elle voit écrit église sur une église. Non, ce n'est pas possible, elle a mal lu ! Elle refait le tour. Oui, oui, c'est bien écrit : église catholique. Bon. Eglise catholique. Un peu plus loin, encore un petit groupe de musulmans… beurs… arabes : une famille en tous cas, un jeune père tient par la main un enfant de quatre cinq ans, une femme marche à côté de lui avec un bébé dans les bras, dans une allure de promenade. Laureline roule. Les noms des lieux résonnent en elle agréablement, ils évoquent la culture, la modernité, la poésie: collège Eluard, collège Elsa Triolet, Amstrong.

Elle longe maintenant un Discount Casino. ED, c'est quoi ? Rue des remparts d'Ainay, on ne connaît pas. Et des immeubles, des immeubles, toujours des immeubles. Parfois un peu de verdure, un parc, comme une clairière dans la forêt. Un terre-plein non aménagé lui fait imaginer que c'est là qu'étaient les fameuses tours que la municipalité a fait imploser. Sûrement pas, ils ont dû reconstruire immédiatement dessus, pour éviter les mauvais souvenirs. Il faudra qu'elle demande. Demain, demain son premier jour de stage ! Pourvu qu'elle ne se montre pas trop coincée…

Elle retrouve facilement la descente vers Lyon, s'y engage. Elle est rêveuse, un peu rassurée d'avoir trouvé, de savoir où elle devra venir demain. Après un virage, elle aperçoit, stupéfaite, dans la plaine au loin, toutes les lumières de Lyon et, oui, c'est bien ça, c'est le crayon de la Part-Dieu : elle rentre au pays !

Le lendemain Laureline trouve facilement, elle gare sa voiture, met l'antivol, prend soin de ne rien laisser de visible à l'intérieur. Ses parents lui ont dit de prendre le bus, seul moyen d'éviter les vols, méfie-toi quand-même, tu sais où tu vas. Elle a haussé les épaules. Arrêtez de fantasmer, c'est pas les bas-fonds de Londres, juste une banlieue de Lyon. Ce qu'elle n'a pas osé dire, c'est qu'elle préfère avoir sa voiture pour fuir plus vite au cas où. Au cas où elle serait poursuivie par un violeur ? Elle se moque d'elle-même, ça la rassure un peu.

Mais croyez-vous qu'elle se serait aventurée dans ce quartier si elle avait su que l'y attendaient un assassin victime, une victime pas si innocente, un destin s'acharnant implacablement et, peut-être, deux morts ?

En ce 11 septembre, elle a rendez-vous avec l'animateur de la MJC. Comment c'est, son nom, déjà ? Un nom bizarre, enfin, étranger devrait-elle dire pour être correcte. Elle l'a lu cent fois pour le retenir, ils sont, parait-il, un peu susceptibles, il ne faudrait pas qu'elle le vexe en déformant son nom. S'il y a une chose qu'elle déteste, c'est de blesser les gens. Un reste d'éducation catho, sans doute. Bon, elle dira Monsieur, c'est tout, et son titre, animateur.

Les enfants dans la cour de la MJC ont vite fait de lui faciliter les choses. Pendant que cinq ou six d'entre eux lui montrent la route, d'autres interpellent à tue-tête l'animateur.

- Sofien, Sofien, on te demande !
- Par ici, Mademoiselle, il est là.

Ils se poussent du coude, hilares.

- Eh ! Mademoiselle ! Mourad, il dit que vous êtes bombax.
- C'est pas vrai, arrête tes embrouilles, quoi !
- Ah bon, tu la trouves pas terrible, alors ?

Le nommé Mourad balance un coup de poing au rieur. Laureline sursaute, veut s'interposer, déjà ils roulent par terre, déjà ils se relèvent.

- Vous êtes venue en voiture, M'dame, vous voulez qu'on vous la garde ? Il y a des voleurs ici.
- Surtout quand tu es là, Omar, quand tu es là, il y en a au moins un, de roubleur.
- Et quand tu es là, il y a sûr un fils de pute et ça pue grave de chez grave.
Laureline voit s'avancer vers elle un jeune homme, arabe, grand, brun, des cheveux d'un noir ardent, bouclés. Il a une démarche souple, des pas longs et tranquilles.
- Arrête de faire ton pitch, Omar, et sois poli !
Qu'a-t-il voulu dire ? Arrête ton speech ou arrête de faire le pitre ? Il s'adresse à elle.
- C'est vous la stagiaire ?
Il lui serre la main qu'il garde serrée tout en l'entraînant par le coude.
- Venez, on va s'installer à l'intérieur.
Laureline lui explique ce qui lui est demandé pour ce stage, il écoute attentivement, expose les missions d'un animateur, détaille les caractéristiques propres au quartier dans un français d'une correction parfaitement scolaire, elle le remarque.
Qu'est-ce qui lui a fait penser tout à l'heure qu'il était arabe ? Avec ses yeux aux cils très longs, ses mains fines, c'est un jeune homme comme les autres. Tiens, il ressemble un peu à Pierre-Henri, son cousin. Bien-sûr qu'il est arabe, il s'appelle Sofien. Un étranger bien familier.

D'ailleurs, peu importe. Ça s'est plutôt bien passé.

Sofien se sent bien. Il aime parler de son métier, expliquer ce qu'il fait. Et cette fille qui semble sortie du lycée du Parc l'a écouté… Ecouté, quoi ! Elle est simple, et Sofien aime les filles simples. Par contre, sa façon de s'habiller est vraiment trop classique ! Il sourit. Il va s'en entendre auprès des jeunes, ils vont le taquiner tant et plus et elle sera épluchée de bas en haut, si l'on peut dire. Que vont-ils railler en premier ? Le tailleur beige, les cheveux cuivrés coupés au carré ? Ils vont lui trouver un surnom, c'est sûr, ça ne va pas tarder. Pourvu que ce ne soit pas trop méchant. Oh, après tout, quelle importance, un surnom, c'est un surnom. Et qu'est-ce que ça peut lui faire, à lui, de toute façon.

Un groupe de jeunes est en grande discussion dans la cour, Sofien s'approche d'eux. Ce n'est pas la jeune fille qui est sur la sellette, c'est l'ennemie préférée du quartier, la femme aux trente-six sobriquets, cette garce d'inspecteur de police, Paulije.
- Non, mais attends, c'est la plus choucar des djejs, c'est vrai que c'est une pique-assiette de première mais elle est pas garce quand même. Elle pense qu'à grailler, ça oui.

- Bon sang, t'as pas encore compris qu'elle fait son charme pour mieux nous la faire à l'envers, la vampire ? Vampire au premier sens. C'est pas que tes chocolats qu'elle bouffe, c'est ton sang, mon frère !
- Quand elle a remplacé sa collègue qui a été mutée à cause qu'elle piavait, elle a pas hésité à lui foutre la hchouma, la Madame Je, elle lui a trop fait la honte. On s'est tapé une barre à larmer de rire, mais tu avoueras que c'était pas très cool de sa part.
- Sûr qu'elle piavait grave, et du whisky, encore ! Starfallah !
- Comment elle a dit, déjà ?
- Elle a dit : Moi et ma collègue l'inspect-ivre.
- Moi et moi-même en personne pour ma part personnellement, Mada-meuh Pauli-Je.
- Elle l'a peut-être pas fait exprès.
- Anis, t'es ouf ou quoi ! Arrête de la défendre, merde !
- Vous n'avez pas trouvé quelqu'un d'autre à railler ?

Sofien vient au secours de son petit frère. Il lui a assez fait la morale pour qu'il reste dans le droit chemin, il ne va pas laisser les autres se moquer de lui au moment où il montre un peu de confiance en la police.

- C'est vrai, vous passez votre temps à parler de Paulije et à lui casser du sucre sur le ventre, à croire que c'est votre objet de conversation favori.

- Sofien, bien sûr, il préfère penser à la jolie meuf stagiaire, elle te plait, la petite française, hein ?
- Et tu n'es pas français, toi ? Et je ne suis pas français, moi ?
- Bon, ça va, j'm'entends, elle est gouèrone, quoi, française de France. Nous, on est des larbis.
- Elle est bourge, tu veux dire. Elle habite où ? Dans le sixième ?
- C'est un pétard en tous cas, t'as vu ses seins, ça déchire sa race, grave.

Anis, dès qu'il s'agit de faire de l'humour, il démarre au quart de tour.
- C'est comment, son nom ? Laureline ?
- C'est de l'or ou du diamant ?
- Pour Sofien, c'est de l'or, on dirait ! Il est tchalé d'elle !
- On pourrait l'appeler Nelilaure, en verlan.
- Elit Laure ! Moi je vote pour elle et pour ses seins !
- Elit Laure, OK ! Mais il manque le N.
- Le N, le N, c'est Sofien qui l'a. Sofien, n, n.
- Arrêtez vos conneries !
- Sofien élit laure. Nélil'or. Ouèch !

Sofien hausse les épaules. Il aurait mieux fait de laisser le petit se débrouiller. Anis a toujours été un moqueur et il fut un temps où Sofien se mettait dans une colère rouge à chaque pique de ce petit frère facétieux. Aujourd'hui, il est plutôt fier de lui, il s'est enfin mis au travail au lycée et il est devenu sérieux et raisonnable.

Anis est tout excité de ses taquineries. Il aimerait trop savoir les histoires d'amour de son grand frère mais il n'en a jamais rien su. Alors, il le vanne dès qu'il est question d'une meuf, de près ou de loin. Anis, lui, a plutôt tendance à parler de ses feumeu avant même d'avoir enlevé l'affaire. Il a d'ailleurs un rendez-vous avec un groupe de copains et copines qu'il doit retrouver à Bellecour, là-bas y a d'la cuisse.

- Je rentre pas avec toi, Sofien.
- Tu vas où ?
- Je pars en ville, vite fait.
- Tu n'oublies pas de payer ton métro, tu sais que tu t'es déjà fait prendre une fois et que la récidive, c'est la prison.
- Exagère pas, on fait pas de la zonzon juste parce qu'on a resquillé.
- Je te dis que si, avec les nouvelles lois tu risques la prison.
- La loi, la loi, c'est juste pour nous faire peur, ils vont pas l'appliquer. T'as pas vu le film, Depardieu aux galères pour un pain, on trouvait ça zarbi il y a deux siècles ! Et tu crois qu'aujourd'hui, on va mettre des gens au trou pour un ticket de tromé ? Tu me balnav, là !
- Ecoute, tu penses ce que tu veux mais tu t'achètes un ticket. Tiens, prends dix euros.
- Non, non, j'te jure, j'ai assez. Ouallah !

- Oui, oui, à ton âge, on n'a jamais assez. Allez, amuse-toi.

Anis se demande s'il aurait pas dû mettre son pull noir. Il vérifie son look dans une vitrine qui fait miroir, se passe la main dans les cheveux, il n'aime pas avoir les veuch plats, ça lui donne une gueule de melon. Là, c'est trop, il a la gouffa, on dirait une courge. Ça lui fout la mort. Il aplatit un peu. Voilà, c'est mieux. La coupe de cheveux est okay, heureusement. Un autre regard. Pas mal finalement, ce nouveau blouson Nike. Et sa chemise, c'est cher de la balle ! Il aperçoit un bus qui arrive, il court, il monte. Chouette, il n'a pas trop attendu. Le bus le dépose au métro, y a encore pas mal de monde à cette heure-ci. Tout à coup il entend des cris dans le couloir du métro. Il accélère, son cœur se met en turbo. Deux policiers bastonnent un homme à terre, c'est un musicien, il le connaît, il est souvent là à faire la manche. Un des djejs balance un coup de pied dans les côtes de l'homme, Anis sent son estomac se crisper, il approche plus lentement, l'homme a le visage tuméfié, ensanglanté, Anis a envie de gerber, que faire ? Ne rien faire ? Impossible, il faut arrêter ça, il doit aider cet homme, mais comment faire, bon dieu, comment faire, il n'est pas lâche, non, il ne peut pas être un panouille, non. Y a devant lui un homme qui s'arrête, qui s'adresse aux deks.

- Messieurs, je vous prie, calmez vous, il ne faut pas frapper un homme ainsi.

Son ton est calme, poli. C'est un homme d'une quarantaine d'années, clean, un cartable à la main. Voilà, voilà comment il faut faire, parler poliment aux flics, sans criser, sans se taper un coup de pression. Anis se place à côté de l'homme.

- Circulez, y a rien à voir, allez, circulez.
- Excusez-moi, Messieurs, fait l'homme, je crois que vous ne pouvez pas maltraiter cet homme.
- Non, mais, de quoi tu te mêles ? Cet homme est dans l'illégalité, on fait notre boulot.

Autour d'eux un petit groupe s'est formé et commence à grogner.

- Il ne fait de mal à personne, il mendie. Si vous devez l'arrêter, faites-le, mais vous ne devez pas le frapper, il ne résiste pas, il ne menace pas.
- Mais vous faites obstruction à la justice, Monsieur !

Anis intervient.

- On vous demande seulement de pas frapper.
- Et de traiter cet homme humainement.

Un murmure s'élève, hommes et femmes resserrent le cercle.

- Qu'est-ce qu'il veut, l'arabe, là ? Il va nous donner des leçons ? Retourne dans ton pays voir si on est humain. Et toi le raisonneur, tu vas te retrouver au poste pour outrage à la force publique.
- Outrage ? Je n'ai rien dit de mal.

- Tu me traites de sauvage, c'est pas un outrage, ça ?
- Mais…
- Outrage et rébellion.
- J'ai jamais dit…
- Il a jamais dit…
- Bon, on s'expliquera au poste, vous deux, on vous embarque.
Un homme fait un pas en arrière, un passant accélère et fait un détour, sûr qu'il préfère ne pas les calculer, deux meufs s'éloignent à regret en glissant un regard vers eux, le groupe se disloque, restent deux vioques interloqués et un jeune qui essaie de se rapprocher, il est repoussé violemment.
- Et circulez ! S'il y a d'autres candidats pour le poste, y a de la place dans le camion, c'est sans problème.

Anis n'a pas encore réalisé qu'il est déjà menotté et poussé brutalement dans la fourgonnette à côté du type 3 C. C'est pas possible, pas possible qu'il soit dans un fourgon de police, lui, Anis. Il se l'est promis, il se l'est juré, ouallah, jamais, jamais il n'aurait affaire aux keufs. C'est le défi qu'il s'est lancé à lui-même quand son copain Manolo, suivi de près par Karim, sont bétom, l'un pour avoir chouravé une voiture, l'autre parce qu'il fumait un pétard. Il allait leur montrer qu'on peut être larbi sans être délinquant, qu'on peut apprendre, qu'on peut

réussir. C'est en première année de B.E.P que le déclic s'est fait pour lui. Après des années d'une scolarité où il était à la ramasse, zigzagant entre les échecs, il a pu enfin avoir des bonnes notes, sentir la satisfaction des profs. Les cours, les TP surtout étaient à son niveau, ils étaient faits pour lui. Ou plutôt il était adapté, lui, le rabza, à ses cours-là. Alors il s'est mis à chafrav. Alors il a réussi brillamment son B.E.P. Alors il a décidé d'aller au Bac. Alors il a compris : il était adapté à l'école française, et depuis le début. Mais parce que l'école l'excluait, il s'en était exclu. Drôle de truc, quand même ! Qu'est-ce que je fous là, qu'est-ce que je fous là, se dit Anis. Il commence à trembler. L'homme à côté de lui le touche à l'épaule.
- Ça va aller, mon petit, au poste on va pouvoir s'expliquer.
Anis le regarde, croise ses yeux clairs. Quelqu'un qui vous regarde en face, quand vous êtes larbi, c'est rare. C'est ce que se dit Anis à ce moment-là. Ce type a raison, tout va s'arranger et il pourra raconter l'embrouille aux copains en rigolant. Ce qu'il a fait, quand-même, c'est pour défendre quelqu'un, on pourrait dire que c'est du courage, non ? Ouallah, j'suis trop un boss !

C'est avec brutalité qu'on les pousse au poste de Vénissieux. Anis se prend à espérer que ce soit Madame Je qui les reçoive. Elle est quand-même moins garce que les autres et puis elle le connaît

bien et en plus elle est venue chez eux, elle a même bouffé, ce qui s'appelle bouffé, elle s'est avalé au moins quatre gâteaux de l'Aïd sucrés et mielleux que même si tu en manges un seul, tu es nourri pour la journée.
Une heure après, ils attendent toujours. L'homme qui a été embarqué avec lui, c'est un prof du collège Elsa Triolet, a demandé à aller aux chiottes. Ils ont dit non. Il a un problème de prostate, c'est ce qu'il lui a dit, il a l'air de se sentir pas bien. Le banc sur lequel ils sont assis sent la pisse. D'autres avant eux sans doute ont... Anis sert les fesses.
Ouf, voilà la mère vampireJe, l'inspectrice PauliJe, il va pouvoir s'expliquer. Mais elle passe devant lui sans broncher : elle l'a carrément pas calculé ! On le pousse dans son bureau.
Dix minutes. Anis est inculpé d'outrage et rébellion. Dix minutes. Elle ne s'est pas énervée, elle a gardé ce ton de gentillesse qu'il lui a toujours connu. Quand il a fait allusion à sa visite chez ses parents qui lui sont venus en aide quand elle a eu son malaise à l'épicerie, qui lui ont apporté à boire et à manger, elle lui a répondu qu'ils n'avaient pas le droit, ni elle ni lui, de faire intervenir des faits d'ordre personnel qui pouvaient entraver le déroulement de la justice. Gentiment toujours. Anis a refusé de téléphoner à son darne, ce serait la hchouma, la honte de la honte, ni à personne d'autre, personne ne doit savoir. Elle lui a dit avec sa

voix douce qu'elle respectait son choix, on est en démocratie après tout. Anis n'y comprend rien, il a la mort, il ne sait plus quelle parole employer, il ne veut pas, il ne veut pas faire de la rate, il le lui a expliqué, il n'a rien fait de mal, il ne veut pas. Elle s'est retournée, il ne voit que sa nuque et son gros derrière, un boul énorme qui déborde le fauteuil, sur le bureau il y a un ciseau, pointu, géant. Comment l'arrêter, comment l'empêcher de taper son rapport, c'est trop injuste, trop. Jamais, jamais la police, jamais, jamais la prison. Il ne sera pas comme Manolo ! Anis se penche en avant, il ne voit plus rien, il…

Manolo traîne autour de la MJC, il ne se sent pas d'entrer. Il sait que Sofien se prend la tête à cause de son frère mais qu'est-ce qu'il peut lui dire ? Il sait pas grand-chose de toute façon. Depuis qu'il a fait de la rate et que Sofien a tourné éduc, ils ne sont plus potos comme avant. Ils sont du même quartier, c'est vrai, mais pas du même monde. Manolo s'arrête, donne un coup de pied dans le ballon que des pelos viennent d'envoyer dans ses jambes. Mais il est de quel monde, lui, Manolo, le gitan ? Il a jamais vécu chez lui... Et chez lui, c'est quoi, d'abord ? Et gitan, c'est quoi ? C'est dans sa tronche qu'il veut se fabriquer un chez lui. Il est pas chez lui dans une famille d'accueil où il a été placé à cinq ans et d'où il a pas arrêté de se tirer, pas chez lui chez son darne où il revenait que le week-end, vêtu comme un gadjo tout propre-lavé-avec-Mir-laine. Etranger. De toutes façons, est-ce qu'on peut être chez soi quand on est nomade dans une société où être chez soi, c'est être dans du dur, enfermé entre des murs, accro à un bout de terre ? Sa famille a toujours été tèje d'un pays à l'autre, d'un endroit à l'autre dans ce monde de barjes qui s'octroient un droit sur la terre, ils appellent ça propriété privée et ils s'y croient, ils ont trop de la gueule, vrai ! C'est eux les voleurs et avec un grand V encore. Cette violence qu'ils ont à se taxer le monde et à le défendre méchant et à exiger en plus de le faire en toute sécurité ! Manolo appelle ça le "syndrome kleps de garde". Syndrome, un mot qu'il kife grave, malgré les copains qui le vannent en disant Saint drôle. C'est Sofien qui lui a appris ce mot, ce Sofien qui tchatche comme un livre en croyant jacter pas comme les autres mais comme lui-même parce qu'il parle à l'endroit. Manolo chabe son reflet dans une vitrine, replace sa casquette Nike. Il arrive pas à avoir une image claire de lui. Il se rappelle cette black américaine qu'il a vue à la télé, prof de fac, qui disait que le racisme commence pour elle chaque fois qu'elle se voit dans le miroir le matin. Eh oui, même nos miroirs nous regardent chelou ! Manolo y passe du temps, devant le miroir. Mais il ne sait pas ce qu'il y voit. Ni gitan ni gadjo, ni français ni immigré. Exclu.

Bon, c'est comme aç, pas la peine d'en faire un fromage. Allez, il a décidé de parler à Sofien, il y va. Il s'appuie contre une turevoi, vise une affichette sur le mur d'en face, les lettres se baladent devant ses yeux qu'on dirait des mouches…Comme quand il apprenait à lire. Il avait sept ans et il redoublait son CP quand il a pour la première fois été traité de voleur par la maîtresse. A la récré on l'a pas raté : "roubleur, chouraveur, voleur de poules." Il n'y avait rien compris, un vrai truc de ouf : il avait seulement pris un stylo-encre posé sur un bureau sans se demander à qui il était, il l'avait pris comme il aurait lu un imprimé, respiré l'air de tout le monde, barber l'heure à l'horloge. La violence qu'il a ressentie ce jour-là, la réaction qu'il a eu par la suite - tirer tout ce qui était à sa portée mais sans se faire pécho - il ne l'a compris que des années plus tard : je suis roubleur parce qu'on m'a dit que j'étais roubleur. Il était alors en deuxième année de SEGPA, cette école de tarés où il avait échoué après des échecs à répét. Et pour la première fois de sa vie il pouvait parler avec un prof, il y a cru, grave. C'était un vieux, ce Fougère, au moins quarante ans, mais il savait plaisanter, avec un humour décapant, sans se la jouer, sans se moquer de personne. Respectueux, quoi, bien choucard. Il leur apprenait l'anglais et leur demandait de traduire en arabe, en espagnol, en beur des banlieues parisiennes et en beur des Minguettes… Un truc d'enfer ! Comment qu'il a chafrav avec ce prof ! Les seuls mots d'anglais qu'il connaît, c'est ceux qu'il a appris cette année-là, en plus des chansons et des termes d'ordi, bien-sûr. Un jour de juin…

Mais qu'est-ce que c'est que ces trucs qui lui squattent la tête ? Cette fois c'est bon, il fait rideau sur ses souvenirs bidon et il va parler à Sofien. Il se redresse, machinalement jette un œil à la voiture et se dit qu'elle serait facile à barber, la portière est mal fermée… Ce jour-là, avec Fougère, ils se sont mis à parler de ça, justement. Comme ça, en rigolant, chacun disant ce qu'il avait eu le plus de mal à chéfo, des bricoles, autoradios, CD. Ils étaient un petit groupe dans la cour, autour de lui, il faisait beau. Le prof leur a demandé pourquoi ils volaient, pourquoi ils ne travaillaient pas à l'école et quel avenir ils voulaient. Manolo savait pas quoi dire, il se concentrait mais il trouvait pas les mots. Alors, sans savoir pourquoi, il a raconté ce jour de son enfance où il était rentré chez ses parents pour le week-end. A l'époque sa 1000fa squattait avec les caravanes en bordure d'une route nationale vers Bourgoin. Il y était venu plusieurs fois, il connaissait bien. Avec la route à côté, c'était pas la campagne-campagne mais bon, c'était pas mal, mieux que les Minguettes en tous cas. Quand ils sont arrivés au carrefour, il a rien reconnu, il se sentait à moitié foncedé, comme dans un monde parallèle. Ils ont pris un chemin sur la droite et il s'est retrouvé au milieu des caravanes, dans son cadre familier. Mais entre le campement et la route, un talus de terre haut de deux mètres avait été construit, les mettant à part des autres, les intégrés. Un monde parallèle, oui. Un ghetto. Manolo racontait, et c'était la première fois, et les mots sortaient de lui sans même que lui, les connaisse. Des étrangers, ces mots-là. Mais il s'y retrouvait, c'était bien les siens, c'était bien lui. Il sortait d'une défonce de

cinq ans, à pas savoir même où était le malaise. Le prof l'a écouté comme t'écoutes France Q, juste pour faire du bruit et t'empêcher de penser, il a répondu tranquille, en continuant de bédav sa clope. Pas là, quoi. Manolo se souvient de chaque mot.
- Bon, c'était sans doute pour les protéger du bruit.
- C'était du racisme, du racisme, vous pigez pas ?
- Ecoute, il ne faut pas paranoïer quand même.
- Mais vous comprenez pas pourquoi, nous les larbis, les gitans on est tous là, en SEGPA.
- C'est un peu facile de croire que tout vient du racisme. Il y a des arabes qui réussissent très bien à l'école. De toutes façons, personne ne peut réussir sans travailler, même le plus français des français. Il ne faut pas jouer aux victimes, chacun est responsable de sa vie.
- Dire que c'qui est injuste est pas injuste, pas voir l'injustice c'est…c'est…la plus craignos, dégueu, pourav des injustices.
Manolo se sentait tout tremblant. Même le Fougère, le prof cool et tout, même lui, il comprenait rien ? Il s'est éloigné à grands pas. Ce jour-là, on lui a claqué une porte au zen. Depuis, faut plus lui demander de causer avec un roum, c'est closed grave. Et le lendemain, quand le même Fougère lui a annoncé que la classe allait visiter Izieu, où 44 enfants juifs ont été tués en 44, quand il lui a parlé du devoir de mémoire car plus jamais le racisme ne doit

détruire des vies, il a eu envie de gerber. Ils te dénoncent le racisme d'hier sur un grand écran derrière lequel ils peuvent tranquillement te massacrer ta race !

Manolo soupire. Il s'est rapproché de la salle, il guette Sofien sans avoir vraiment envie de le trouver. Sofien est inquiet, son frère n'est pas rentré cette nuit, ce n'est pas son habitude. Depuis ce matin, il interroge tous ses copains, personne ne l'a vu. Il voit arriver Laureline, il arrive à peine à lui dire bonjour, à *être* bonne figure. Elle est gaie, bavarde. Il essaie de se concentrer sur ce qu'elle dit mais toute son attention est tendue ailleurs. Il aperçoit Manolo.
- Manolo, tu n'as pas vu Anis ?
- Ben, si justement, enfin, moi, je l'ai pas vu mais il parait qu'il a été serré par les djeps hier soir avec le prof d'électrotech' de mon voisin. Et puis, je sais pas, ça n'a rien à voir, c'est ce qu'on m'a dit, il parait que la mère vampireJe a disparu.
- Qu'est-ce que tu veux que ça me fasse ? Dis-moi plutôt...
- Ben, c'est-à-dire que... enfin, quoi, c'est peut-être pas vrai, on m'a peut-être balnav. Ils disent qu'elle aurait été tuée.
- Merde je m'en fous, je te dis, je te parle de mon frère. A quel poste de police il serait ?
- Celui de PaulijeJe justement, c'est ce que j'essaie de te dire.

Sofien le regarde, qu'est-ce qui lui galope dans la tête, à cet imbécile, ça va pas non ? Déjà il a attrapé son blouson.
- Je vais avec vous.
Ah, c'est vrai, Laureline !
- Impossible, il faut que j'aille au poste.
- Laissez-moi vous accompagner.
- Non.
Il fouille ses poches. Merde, il a laissé la voiture à sa sœur ce matin, elle devait faire des courses à Carrefour.
- Vous avez une voiture ?
- Oui.
- On y va, alors.
Il se sent comme un automate. Il marche à grands pas. Il se retourne vers elle qui peine à le suivre.
- Merci, lui dit-il brièvement.

Laureline se dit qu'Anis a bien dû provoquer les policiers pour être condamné si durement et qu'il n'ose en parler à son frère. Pauvre Sofien, il était comme un fou, imaginant le pire. Il a fallu 4 jours, 96 heures avant de savoir que personne n'était mort, que l'inspecteur Paulije était partie en vacances et Anis accusé d'outrage à agent dans l'exercice de ses fonctions. Deux mois de prison avec sursis et cinq cent euros d'amende. Il parait que le prof fait appel. C'est ce qu'on lui explique entre deux phrases en arabe tout en lui offrant des gâteaux de l'Aïd. La mère de Sofien lui glisse un coussin dans le dos et lui verse à nouveau du café.

- Mange, mange.

A chacune de ses visites dans la famille de Sofien, elle est sous le charme. Découvrir ce monde inconnu d'elle lui ouvre de nouveaux horizons de pensées en éclairant autrement son propre mode de vie. Un bol d'air dont elle avait sacrément besoin ! Ici, l'animation est permanente, les filles papotent à n'en plus finir, les garçons entrent et sortent, une cousine passe avec ses deux enfants. Des plateaux circulent, chargés de café, thé, jus de fruits ou lait fermenté selon les moments, de gâteaux, dattes, fruits secs grillés ou même pain galette tout simplement. Et pourtant personne ne semble courir pour servir. Quand la mère vient s'installer près d'elle, c'est une sœur qui la relaie, parfois une tante de passage n'hésite pas à faire le service. Chaque fois, elle s'émerveille des petits gestes d'attention que chacun invente pour l'accueillir. Le père passe dans la salle et lui tend une rose cueillie dans son jardin ouvrier de Montchat, Amel, la jeune sœur refuse de récupérer le t-shirt prêté le jour où elle avait mouillé le sien, elle le lui offre. "Il est à toi, prend-le, maintenant, je ne le mettrai plus." Et c'est Amel qui lui a proposé aujourd'hui de faire le marché.

- Le marché des Minguettes, c'est le plus intéressant de Lyon, tout le monde te le dira, on trouve tout ce qu'on veut, nulle part tu trouves moins cher.

- C'est le souk de Tunis où elle veut t'emmener, lui dit Sofien. Vas-y, tu seras au pays sans payer de billet d'avion ! Ambiance garantie ! Nous, c'est pas au parc qu'on glane le week-end, c'est au marché !

Glaner quoi ? A-t-il voulu dire flâner ? Laureline a déjà remarqué que Sofien a parfois une version très fantaisiste de la langue française. Et, ma foi, ça ne lui déplaît pas. Elle aime aussi le voir au milieu de sa famille, taquin et protecteur avec ses sœurs, paternel avec le petit frère. Avec sa mère, il se laisse gâter avec un plaisir évident et ses

sœurs l'appellent alors le prince héritier, ce qui fait sourire Laureline.
- Et tu n'as pas peur qu'on te chourave ton porte-monnaie ?
- Pourquoi ?
- Ouf, elle n'a pas le saint drôle !
- Le sein drôle, qu'est-ce que c'est ?
- Le syndrome des chiens de garde, c'est une invention d'un copain, Manolo. Il dit que les possédants vivent dans la peur d'être dépossédés. C'est une sorte de philosophe des banlieues, le Manolo.
Pas difficile de trouver le marché, il suffit de suivre les paniers vides et d'aller à contresens des paniers pleins, il semble que ce soit la seule direction possible. A quelques pas des premiers stands, deux hommes et une femme distribuent des brochures et Laureline reconnaît des témoins de Jéhovah. Un étal propose des vêtements d'occasion. Juste en face, des pancartes annoncent la construction d'une mosquée et deux hommes quêtent pour la souscription. Tiens, au fait, c'est vrai, elle n'a jamais vu de mosquée aux Minguettes, seulement une église et un panneau indiquant une synagogue. Laureline observe des femmes groupées autour d'un stand, si diverses, les unes en jupes amples et bariolées, d'autres en t-shirt moulant et pantalon de cuir, d'autres voilées des pieds à la tête.

Tiens, un joli foulard ! Quoi ? Cinq euros ? Mais en ville, il en vaut au moins vingt ! Laureline s'est arrêtée, un vague réflexe de pensée "pas cher égal pas de valeur" la traverse, Amel caresse le foulard en velours fauve, le fait chatoyer sur sa main, lui en montre un autre noir et or. Magnifique ! Et à ce prix-là, elle peut bien en prendre deux. Ou trois ! Elle achète, elle paie, elle se laisse entraîner vers des gilets zippés, elle… Laureline oublie de regarder autour d'elle. Elle est prise par la magie du marché et y plonge sans plus de retenue.

Amel la prend par le bras. Depuis que la française a débarqué chez eux, ce jour de malheur, c'est la première fois qu'elle la sent complètement avec eux. Elle l'entraîne vers les légumes, achète des fruits puis des beignets. Ensemble elle les déguste et se lèchent les doigts où le sucre a collé. Elles arrivent aux derniers stands, s'appuient contre une borne. Une jeune femme en blouson de sport distribue des tracts en apostrophant les passants. Amel tend l'oreille. La jeune militante dénonce les lois sur la sécurité quotidienne de Sarkozy et la répression.

- C'est affolant ces nouvelles lois, dit Amel, c'est la chasse aux mendiants, aux prostituées, la délation généralisée. C'est devenu un délit d'être pauvre. Et la loi contre le voile a fait voile sur les nouvelles lois, elles tombent l'une après l'autre sans que personne ne dise rien …

- Tu exagères, c'est assez efficace, il parait qu'il y a beaucoup moins d'insécurité.
- L'insécurité, c'est le chômage et la misère.
Laureline tourne la tête, elle ne veut pas entacher cette nouvelle amitié, elle recherche la complicité perdue.
- J'en ai plein les doigts, regarde, ça me rappelle quand j'étais petite. Hum, c'est bon !
Une main se faufile vers le sac de beignets, en attrape un. Une femme au visage tout rond et souriant les salue avec jovialité.
- Bonjour, les filles, vous allez bien ?
Elle a avalé le beignet, en reprend un qu'elle met entier dans sa bouche. Elle est chaleureuse et spontanée. C'est une rencontre qui semble naturelle dans cette ambiance de vie intense. C'est ce que se dit Laureline. La femme lui met une main sur l'épaule.
- Eh bien, Amel, tu ne me présentes pas ton amie à moi-même ?
- J'ai oublié de lui demander sa carte d'identité !
Laureline sursaute, regarde son amie. Elle a le visage crispé. Pourquoi est-elle si agressive ? La femme rit tout en plongeant la main dans le sac.
- Tu as toujours été une rouspéteuse, ta mère le dit bien.
- On y va, Laureline, maman nous attend…
- Tu sais, elle m'a dit qu'on pouvait prendre notre temps.
- J'ai froid, allez, on y va.
Elle fait un pas.

- Oh, attention, votre sac est mal fermé.
Affable, la femme pousse la fermeture éclair du sac d'Amel qui tente de s'éloigner.
- Bon, ça va, ça va …
Elle a un ton agacé, à la limite de la grossièreté. Laureline déteste l'impolitesse. Vraiment, elles ont une façon de parler aux adultes, ces beurettes, qui est trop inconvenante, les profs amis de ses parents le disent bien. Elle salue chaleureusement la femme comme pour excuser son amie et elle presse le pas pour la rattraper.
- Mais enfin qu'est-ce qui se passe ?
Amel est furieuse. Cette Paulije a vraiment un culot phénoménal. Après ce qu'elle a fait à Anis, elle vient lui faire des sourires comme si de rien n'était. Et cette fille qui ne pige rien et lui fait des amabilités, c'est ouf, bon sang ! Ça lui fout l'sem, grave. Elle aurait dû la larguer là. Non, elle ne pouvait pas, elle s'est chargée d'elle pour cette sortie au souk, elle ne pouvait pas la laisser bétom. Et la vampireJe qui craillav beignet après beignet, merde, merde ! Il parait que chez elle, toute seule avec sa vieille mère, elle se contente de quelques surgelés. Mais la bouffe des autres, elle se jette dessus !
- Cette femme, c'est l'inspectrice de police.
- Ah bon ? Elle est drôlement sympa !
- Ouais, ouais, d'accord. Laisse tomber.
- Tu sais il ne faut pas mettre tous les flics dans le même sac, c'est des êtres humains comme les autres.

- Laisse tomber, je te dis, laisse tomber !
Elle me gave, c'est pas vrai. Elle se prend pour qui ? Elles sont bien toutes les mêmes, ces petites bourges, elles croient pouvoir nous donner des leçons, elles ont trop de la gueule. Et Sofien qui dit qu'elle n'est pas comme les autres, sa Nélil'or. Zarma qu'elle est pas comme les autres !
Elles marchent vite, Amel un peu en avant. Elles arrivent au pied du H.L.M. en même temps qu'Anis accompagné de Manolo. Anis a l'air sombre, sa sœur en a le cœur serré, il n'était pas comme ça, avant. Manolo les taquine, gouailleur.
- Qu'est-ce qui vous fait courir comme ça, vous avez vu une ghoula ou quoi ?
- Tu crois pas si bien dire, le diable en personne.
- C'est quoi, une ghoula ? demande Laureline.
- L'ogresse, la dévoreuse, celle qui fait peur aux enfants.
Anis sourit amèrement :
- Mais nous ne sommes plus des enfants, on ne peut plus avoir peur du bouloulou et des ghoulas.

Anis reste silencieux et écoute à peine le baratin des copains. Farid s'est encore fait virer d'un nouveau taf. Pour une fois qu'il avait été embauché ! Il arrivait chaque jour au boulot à neuf heures au lieu de huit, une fois même à dix, le patron n'a pas apprécié. Farid n'a jamais pu se lever le matin. Comme son père qu'il a toujours

connu chômeur, dormant la moitié de la journée.
- On dit pas chômeur, on dit demandeur d'emploi.
Manolo s'insurge :
- Demandeur, demandeur, pourquoi pas mendiant d'emploi, pendant qu'ils y sont. Nous, on offre nos services. Vrai, c'est les patrons qui sont demandeurs. Offreurs de travail, qu'on est.
- Je vais te dire un truc, mon grand-père, il a bossé pour trois générations, cinq heures du mat' tous les jours, bsartek le vieux, et il a été remercié à coups de pieds au cul. Faut qu'on compense : on se repose et c'est nous qu'on donne des coups de pieds au cul du monde.
Manolo a trouvé la formule : "Nos grands-pères avaient la tête baissée, nos pères la tête vissée sur un CV et nous la tête explosée, grave." Depuis qu'il a entendu à la radio qu'il y avait une recrudescence de schizophrènes dans les banlieues, il se revendique de la génération des mabouls.
Anis les écoute à peine. Il rouille à mort. Il n'a même plus envie de traîner dans le hall du 48, comme ils le font si souvent. Dès qu'il est quelque part, il a envie d'être ailleurs.
- Bon, je rentre. A plus !
- Reste un peu.
- Mon darb a besoin de moi à la boutique, faut que je redem un peu avec lui.

Il est à peine au 52 quand il les entend arriver. Deux flics en uniforme foncent vers le 48. Merde, ils vont encore les brancher parce qu'ils traînent au pied de l'immeuble. Faut aller où alors ? Même au pied de chez soi, on gêne. Il aperçoit la Jeje qui attend dans une voiture derrière et fait des signes aux agents. Elle l'a vue aussi. Il hâte le pas. Il pénètre dans la boutique.
- Anis, tu arrives bien, je sors un moment, tu tiendras la boutique.
Son père est sorti avant qu'il ait eu le temps de l'arrêter. Il voit la vago banalisée se garer juste devant la vitrine. Merde, pas de chance, pas de chance, pas de chance. Il sent ses boyaux se tordre. Rien qu'à l'idée de la voir en face, ça lui donne envie de gerber. L'inspecteur Paulije entre. Elle est tout sourire. Il regarde sur la banque si rien n'est accessible. Pas question de la nourrir à l'œil comme elle en a pris l'habitude. Au début, ses parents lui offraient toujours quelque chose, gâteaux ou sucrerie comme ils le font toujours avec des invités. Puis, ils ont compris, ils n'ont plus rien proposé. Alors elle s'est servie. Ostensiblement, elle attrapait tout ce qui était à sa portée. Alors, ostensiblement, ils ont mis la bouffe hors de sa portée. Oh, elle n'a rien réclamé, elle respecte trop le règlement pour jouer aux ripoux. Non, c'est pas ça, c'est une morfale, une vraie de vraie, elle ne peut pas s'en empêcher, c'est aussi irrépressible que l'alcool pour un alcoolique. Elle s'arrange toujours pour

trouver quelque chose à craillav et elle attend qu'ils aient le dos tourné pour le faire. Dès qu'on la quitte des yeux, on entend un petit bruit de papier, comme un grignotement de souris, c'est Paulije qui se goinfre. Anis met à l'abri un carton de dattes, il se tourne à demi vers elle.

Elle lui parle avec cet air affable qui ne la quitte pas. Elle lui dit qu'elle l'a vu, elle-même personnellement, avec les copains du 48, que les rassemblements dans les halls d'immeubles sont interdits, c'est bien dommage, et elle ne peut quand même pas faire comme si elle ne l'avait pas vu, ce ne serait pas honnête, il le comprend bien, elle ne peut pas faire deux poids deux mesures entre lui et ses copains, elle aimerait bien pourtant, elle a de l'affection pour lui, elle apprécie beaucoup sa famille, si elle pouvait se laisser aller à ses sentiments, malheureusement le règlement, quand on est dans la police, on doit appliquer la même justice à tous et puis de toutes façons il ne faut pas croire qu'ils auront de la prison ferme, pas forcément, depuis le début de l'application de la loi Perben il n'y a que onze condamnations à des peines de prison ferme pour ce délit, onze sur cinquante, vraiment ce n'est pas beaucoup. Anis est abasourdi. De la rate pour ça, ce n'est pas possible, ils n'ont rien fait de mal. Il sent comme un nœud au creux du ventre, il respire à peine. Il a la haine grave, il voudrait lui arracher la langue, les yeux.

- Tu comprends, hein ?

Elle guette son regard pour l'obliger à acquiescer ou le voir éclater de colère. Ça l'arrangerait qu'il craque, il la voit se diriger vers des chips à la cacahouète posées à côté de la caisse. Merde, il les a endormies, celles-là, elle va encore s'empiffrer. Quelle importance, il faut la faire taire, il ne faut pas qu'elle témoigne contre lui. Qu'est-ce qu'il peut dire pour la convaincre ?

- Je n'y étais pas, vous vous êtes trompée.
- Tu sais que tu aggraves ton cas en niant, et je ne te parle pas de ton honneur, te désolidariser comme ça des copains, fuir la queue basse, ce n'est pas très glorieux. Non, il vaut mieux avouer, moi personnellement, je te le conseille, on s'en sort mieux en avouant, je le dis à toi parce que j'ai envie de t'aider, il y a un texte de loi depuis octobre 2003 qui te permet, si tu te reconnais coupable, de négocier ta peine avec le procureur. Tu as tout intérêt à avouer. Même si tu n'y étais pas, parce qu'il faudra encore le prouver.

Elle ne s'interrompt même pas lorsqu'elle enfourne des poignées de chips dans sa bouche monstrueusement ouverte. Anis est hors de lui, il a l'sem, à mort. Qu'elle s'étouffe, qu'elle crève, salope, crève, crève.

Elle porte ses mains à son cou, elle essaie de respirer, elle devient bleue, ses yeux sont pleins d'effroi, elle agrippe le bord du comptoir, elle glisse, elle glisse.

Sofien entre. Il la voit à terre, il regarde son frère. Il est affolé.
- Qu'est-ce qui s'est passé ? Qu'est-ce qu'elle a ?
Il se précipite vers le téléphone.
- Anis, tu dois me dire ce qui s'est passé.
En un quart d'heure, pompiers, ambulance, policiers ont envahi la boutique et la rue.

Sofien fait les cents pas devant le commissariat. Manolo, appuyé contre un arbre, le regarde s'agiter en se demandant comment il pourrait le calmer. C'est vrai, ça sert à rien de se taper des coups de pression pareils, ça fait pas avancer les choses.
- Te prends pas la tête, il va bien s'en sortir.
- C'est sûr, ils vont le relâcher en lui faisant des excuses !
- Arrête, mon frère, vois pas tout en noir !
- D'accord, positivons, comme à Carrefour. Faut pas s'imaginer qu'il est accusé, ils sont juste en train de lui proposer un stage dans la police ou de lui demander des conseils à l'ordinateur.
- Fais pas ièche, j'ai pas dit ça.
- Mon frère va faire de la prison et tu voudrais que je reste calme ?
- Bon, c'est pas la mort, quand même.
- Pour toi, oui ! C'est vrai que toi, quand tu es en prison, tu es un peu chez toi.
- Ben, merci pour moi ! Tu te la pètes trop, dis donc, toi et ton frère vous vous la jouez honnêtes gens, instruits et tout, vous vous croyez au-dessus des autres, ou quoi ?
- Anis n'est pas un délinquant, c'est tout !
- Ben le voilà devant les keufs comme les autres, le petit prince…

- Peut-être, mais c'est pas un voleur.
- Et moi j'en suis un, c'est ça ? Dis donc, je suis venu pour t'aider, pas pour me faire traiter par un petit naze qui se la raconte.
- Fous-moi la paix, Manolo, je suis à crin, tu vois bien.
- Je suis à cran, on dit, tu t'y crois à parler un bon français mais tu parles pire que nous.
- Ça va, je te dis, c'est pas le moment, tu peux comprendre ça, oui ?
- Alors, finies les belles paroles ? "On est tous pareils, un homme vaut un homme, un être humain ne se résume pas à ce qu'il possède ou à ce qu'il fait." C'était tout mytho… Dès que tu es concerné, ça change.
- Oh, ça va, sors pas la guitare et les trémolos.
- C'est qu'il va me traiter de gitan à présent, monsieur l'animateur de la MJC. Te gênes pas surtout, fais-moi la totale : après le voleur de poules et la guitare n'oublie pas le tressage de paniers, la bonne aventure et le vol d'enfants.
- Mais je n'ai rien dit…
- Sur la tête de ma mère, je te casse la tête, moi, faut pas abuser quand même, pour qui tu me prends ? T'es vrai le harki, toi, avec ton métier de trompette. Un bounty, noir dehors, blanc dedans. Paies-toi la petite from en prime, avec une meuf en l'or, tu deviens pur-sang français.
- Quelle meuf ? Tu m'énerves, merde, va-t-en, j'aime mieux attendre seul. Laisse-moi, tu veux bien ? Laisse-moi !

Sofien le pousse vers la rue en essayant de ne pas le brusquer, Manolo hésite puis s'éloigne à grands pas. Sofien soupire. Positiver, rester calme, positiver, rester calme, se répète-t-il nerveusement. L'avocat qu'on lui a conseillé a l'air bien mais la situation est sérieuse, Anis et ses copains risquent vraiment de la prison ferme. C'est vrai qu'après les moments dramatiques qu'ils viennent de vivre, Manolo a raison, quelques jours de prison, ce n'est pas trop grave. Il faut l'avouer, tant qu'on n'a pas su que la Paulije avait fait un œdème monstrueux qui avait failli l'étouffer parce qu'elle était allergique à l'arachide, Sofien avait imaginé le pire, malgré les dénégations de son frère. C'est la mère de l'inspectrice, une Madame Blanche, qui a parlé aux médecins de son allergie, heureusement, sinon elle y restait. Et Anis était impliqué. Il avait été emmené au poste, rudoyé, interrogé. Il parait qu'il n'a pas ouvert la bouche jusqu'à l'arrivée de l'avocat. Et encore il a demandé la preuve qu'il venait bien de la part de Sofien. Pauvre môme ! Quand il a su qu'il était avec quelqu'un à qui il pouvait faire confiance, il s'est relâché d'un coup et il s'est mis à parler, parler, avec tous les détails, revenant sur chaque minute, chaque seconde de ces moments-là. Il était paniqué, raconte l'avocat, comme si une meute de chiens le poursuivait pour le piéger de toutes parts.

Anis arrive enfin. Il est comme anesthésié, livide, plus mort que vivant. Ils l'ont relâché sans un mot d'explication. Sofien se sent tout à coup extrêmement calme, concentré. C'est lui qui lui explique l'allergie, l'œdème, tout ça. Risquer la mort pour avoir mangé des chips à la cacahuète, c'est à peine croyable. D'après Laureline, c'est possible, c'est même écrit dans un roman célèbre, "D'invincibles cotes ou coqs" quelque chose comme ça. Il prend son frère par l'épaule, il l'emmène. Il commence tout doucement à lui raconter la vie, la mère les attend, le mariage d'Amel se précise, la famille a trouvé une salle, les cours reprennent lundi, il doit se reposer ce dimanche. Anis ne réagit pas. Sofien ne sait plus s'il doit le secouer pour le faire sortir de sa torpeur ou le prendre dans ses bras comme un bébé. Il lui presse l'épaule, il n'ose pas le lâcher. Qu'ont-ils fait de ce petit frère rieur plein de projets d'avenir ? Ils l'ont tué, oui, tué. Quand ils arrivent à la maison, ils la trouvent pleine de monde. Sofien a un mouvement d'humeur, il n'a envie de voir personne. Il aperçoit Laureline assise sur une chaise dans la salle et se sent tout çà coup moins oppressé. C'est une fille calme, simple et dès qu'il est près d'elle il se sent apaisé. Pourquoi ? Sans doute parce qu'elle ne fait pas partie de ce monde-là où tout va toujours mal, tout simplement. Elle semble vivre dans un univers où tout le monde est beau, tout le monde est gentil, un monde de bonheur. Alors dans son aura, on se sent comme dans un rêve. Oui, elle est gentille, cette môme. Que pourrait-elle être à part gentille ? Elle est gentille par nécessité, parce que tout est facile pour elle. Elle n'a jamais eu besoin de se défendre, elle !

Sofien ne peut s'empêcher de penser à la mère Paulije et à leurs premières rencontres. Elle était venue à la MJ et il avait eu du mal à croire qu'elle pouvait être de la police. Elle ressemblait plutôt à une bonne ménagère simple et polie, il l'avait classée du côté des mères de famille. Sa gourmandise alors le faisait sourire, le rassurait même : on ne peut être dangereux quand on aime à ce point les bonbons à la menthe. Elle lui avait parlé gentiment, eh oui, elle aussi paraissait gentille, si gentille. Elle s'était enquise de son travail, avait soupiré sur les exigences des jeunes d'aujourd'hui. Et un jour il s'était laissé aller à lui parler de son inquiétude pour son jeune frère Anis.
- J'ai peur qu'il ne poursuive pas ses études, il se décourage si vite.
- Moi et mes collègues, on en parlait justement, il vaudrait mieux qu'il ne fréquente pas Farid et sa bande, on sait bien qu'ils sont des dealers.
Sofien s'est repris. Qu'est-ce qu'elle voulait dire ? Ou lui faire dire ? Il n'est pas un mouchard. Il pense à ce projet de loi qui obligerait les éduc's à signaler tout risque de délinquance, avant même qu'il y ait délit. Elle le regardait fixement,

insistait lourdement, l'obligeant à opiner de la tête pour ne pas révéler sa désapprobation.
- Moi personnellement je préfère vous prévenir. Vous savez le risque élevé de délinquance dans ce quartier.
- Oui, merci mais ce n'est pas du tout ça, il n'est pas du tout question de drogue, je me demande comment l'encourager à faire des études supérieures. Mais il aura son bac cette année, c'est sûr.
- Ça m'étonnerait ! J'ai du flair, vous savez, il n'écoute pas vos parents, je le vois bien, il traîne avec des jeunes pas recommandables, il est tellement influençable. Un brave gosse pourtant, ce serait dommage.
- Je sais que vous avez du clair, c'est pas le problème.
- Du flair.
- Que vous y voyez flair.
Elle a semblé s'énerver tout à coup, Sofien n'a pas compris. Seulement parce qu'il a confondu clair et flair ?
- Si vous voulez, je peux lui donner un rendez-vous avec moi-même pour lui faire la leçon.
Sofien avait eu du mal à l'en dissuader, il avait fallu qu'il se mette en colère. Elle avait pris un air outragé.
- Je voulais juste vous aider, vous êtes vraiment agressif.

Depuis, elle n'avait pas cessé de lui faire des propositions toutes aussi aimables. Et piégeantes. Elle offrait de passer à la boutique de ses parents pour leur transmettre un message, le jour où la boutique était confiée à son jeune frère mineur. Elle prenait le soin de lui rapporter les clefs du bureau qu'il avait dû oublier sur la porte mais le lendemain seulement, et juste au moment où le directeur de la MJC était présent. Elle était prête à interroger à sa place un garçon qu'il soupçonnait d'avoir casser une vitre, juste pour l'impressionner, elle le ferait par amitié pour lui, alors que Sofien avait refusé de le signaler au maire dans la politique de prévention de la délinquance. Elle lui avait même proposé d'aller boire un verre avec elle au bar de la police le jour où un jeune du quartier avait été embarqué et malmené. Elle ne cessait de lui parler du destin tout tracé des jeunes des Minguettes, elle s'en désolait. Disait-elle. Car Sofien sentait combien elle comptait avec délectation les échecs scolaires et les redoublements. Elle lui parlait sans cesse de son célibat :

- Un jeune comme vous, beau, éduqué, muni d'un bon travail, devrait trouver une femme à sa mesure. Malheureusement seule une arabe voudrait de vous, les françaises de France sont si racistes. Et vous n'allez quand même pas épouser une de ces gamines, elles sont ou illettrées ou voilées ou les deux, ces émigrées.

- Elles ne sont pas émigrées…
- Bon, bon, c'est une façon de parler, ne soyez pas sur la défensive comme ça ! Ce que j'en disais, c'est parce que je vous estime bien.

Et elle y revenait sans se lasser. Il avait essayé de lui dire qu'il ne voulait pas se marier, ou qu'il n'était pas question pour lui d'épouser une non musulmane, ou qu'il n'avait pas de problème pour se faire une fille s'il voulait, chaque fois elle en rajoutait, lui parlant comme à un enfant malheureux. En toute amitié. Et s'il tentait de la contrer, elle se mettait en colère.

Sofien est tout surpris d'entendre sa sœur proposer à Laureline d'assister à son mariage. Les arabes seront toujours les arabes, ils ne peuvent s'empêcher d'inviter tout le monde, surtout quand ils font la fête. Qu'est-ce que Laureline va venir faire dans ces histoires de bonne femme et ces traditions arabes ? Il doit néanmoins avouer que ça lui fait plaisir et que la réaction enthousiaste de L'Or le ravit. Elle se met à poser des questions, s'étonne du nombre de soirées prévues. Oh oui, elle aimerait assister à la soirée du henné ! Et on danse ce soir-là ? Pas la mariée, ah oui, bien sûr, elle doit rester plusieurs heures sans marcher si elle veut que le henné prenne bien sous les pieds. Qu'est-ce que c'est joli quand les mains sont ornées de dentelle sombre ! Non, non, elle n'a pas mis de henné sur ses cheveux, leur couleur de feu est naturelle, bien sûr. Et ils sont raides de naissance, pas besoin de défrisage ! Laureline se penche vers une jeune sœur :
- Comment les invitées doivent-elles s'habiller ?
Il ne faudrait pas qu'elle ait l'air ridicule. Depuis qu'elle a commencé le stage, elle porte des jeans et des pulls simples qui lui donnent un air encore plus jeune. Elle aime bien, elle se sent à son avantage, comme dirait sa mère. Pour le jour

du henné, elle pourrait mettre le twin-set acheté au marché.

Laureline est fascinée. Devant elle des femmes de tous âges dansent au rythme de la musique arabe avec une extraordinaire aisance. Elles ont toutes leur propre façon de danser, comme si chacune inventait les pas, les gestes à sa convenance, à son humeur. Sur le même tempo, l'une évolue en douceur tandis que l'autre se déchaîne de tout cœur et pourtant elles se retrouvent à la même mesure, au rendez-vous des percussions. Les vêtements sont aussi divers que les manières de danser, de la djebba brodée de fils dorés au t.shirt fluo des plus moulant. Une vieille dame saute avec ardeur et ses seins lourds se soulèvent et retombent en décalage d'une fraction de seconde du reste du corps. De son foulard s'échappent des mèches de cheveux gris et d'autres teintées au henné. Non, nous ne sommes pas dans une salle de bal, c'est une simple salle à manger de HLM. Tous les meubles ont été enlevés, des matelas sont posés par terre tout autour de la pièce, couverts de coussins, une table basse a été poussée dans un coin, elle est couverte de gâteaux et de fruits secs. Une femme s'envole, dans des mouvements d'une grâce époustouflante, ses seins, ses reins, son nombril, ses cils, ses poignets, ses doigts effilés, sou cou si fin tour à tour prennent vie de façon autonome. Alors autour d'elle se forme un cercle d'hommages rythmés des claquements de mains qui dessinent et portent son élan. Une autre femme quitte le groupe pour la rejoindre au centre, l'enveloppe de mouvements lascifs, quelqu'un lui glisse dans les mains un papier roulé, elle inspire avec gouaille des goulées de ce cigare improvisé, elle se coiffe d'un béret d'homme. Ses hanches plantureuses frôlent le nombril puis le sexe qu'un vif mouvement de danse écarte aussitôt, un autre ton musical ramène le bas-ventre grêle de l'une effleurer les fesses arrondies de l'autre tandis que rires, darboukas et battements de mains les enlèvent dans un tourbillon érotique endiablé.

Amel lève les yeux au plafond. Elle se penche vers Laureline.

- Les femmes, elles sont comme ça, quand elles sont entre elles, il faut toujours qu'elles fassent des plaisanteries salaces. Qu'est-ce que ça peut nous énerver, nous, les filles ! Tu ne trouves pas que c'est ridicule ? Imène, tu ne trouves pas ?
- Si, si, bien-sûr.

Imène, jeune mariée d'un an, acquiesce sans conviction, elle ne peut s'empêcher de lancer des sourires complaisants et amusés. Quant à Laureline, elle est captivée. Elle se sent encore tellement prisonnière de son corps gourd et maladroit. Elle a passé son adolescence dans une carapace de verre que chaque éclat hors du moule rendait coupante et blessante. Elle a bien tenté quelques escapades vers des couleurs osées, des t-shirts libérant le nombril ou des mèches rouge vif. Mais le regard glacial de sa mère la figeait dès qu'elle osait se rêver tourbillonnant. En fait la petite fille qu'elle a été, avec ses robes de poupées et ses cheveux tirés, a si bien appris ses leçons de maintien et de danse -Oh ! Comme elle y excellait ! - qu'elle a encore bien du mal à s'en libérer.

Le rire peu à peu gagne tout le monde, il enfle, il monte, des têtes se pointent à la porte de la pièce, que se passe-t-il ici, le fou rire les emporte à leur tour, c'est une véritable tornade. Deux garçons d'une douzaine d'années passent dans le couloir comme s'ils s'apprêtaient à sortir, ils ralentissent le pas, glissent des regards furtifs et curieux, sortent. Pas d'hommes, pas de garçons, surtout pas ! La seule présence masculine acceptée dans ce royaume des femmes, c'est un petit bout de chou de huit mois accroché au sein d'une mère qui s'écroule de rire sur les coussins.
On se calme peu à peu, on se relâche, ah, ça fait du bien quand même, chacune se laisse retomber, Laureline sent dans son corps un épanouissement salutaire, un bien-être dans tous les membres atteint par le rire.

Amel se lève et l'attrape, lui fait enfiler une djebba verte et or. Elle attache un foulard autour de ses reins, l'entraîne malgré sa résistance, elle danse autour d'elle. Laureline voudrait se rasseoir, n'ose pas, ses pas sont hésitants, elle essaie de se laisser capter par la musique, non, pas encore, ça y est, elle ne réfléchit plus, elle est dans la musique, elle s'engouffre dans le plaisir de la danse.

Epuisée, en sueur, Laureline entre dans la cuisine pour boire un peu d'eau. Sofien est appuyé contre l'évier, un verre de thé à la main. C'est marrant, on dirait que les hommes n'ont plus droit de cité dans la salle, ils doivent se réfugier en périphérie. Sofien regarde, amusé, la petite française habillée de la robe de sa sœur, ça lui va bien, on dirait qu'elle a toujours été vêtue ainsi, qu'elle a toujours vécu ainsi, elle est encore toute enrobée des rires de femmes, de l'ambiance, de l'odeur des femmes de chez lui. Il ne pensait pas qu'elle puisse paraître si naturelle dans sa propre famille, la petite L'Or. A-t-il eu tort d'amener chez lui sa stagiaire, de ne pas garder les distances professionnelles comme il le fait d'habitude ? Il faut dire que ça s'est fait tout seul, elle est tombée dans l'intimité de la famille avec les problèmes d'Anis.
- Alors, ça te plait ? Ce n'est pas comme ça, chez vous ?
- Tu peux venir voir par toi-même. J'ai proposé à ta sœur d'aller rendre visite à ma marraine dans sa campagne après le mariage. Viens avec nous.
- Ta marraine ?

- Oui, c'est ma tante, elle habite une vieille ferme dans les Monts du lyonnais, elle est super sympa, très cool, artiste. Elle est prof mais elle s'est mise à peindre depuis une dizaine d'années.
- Elle n'est pas trop raciste ?
- Pas du tout ! C'est une anarchiste, une vraie, elle fait toutes les manifs, l'Irak, la Palestine, l'alter mondialisme, les droits des femmes, elle est dans un tas d'associations.
- Et tes parents, ils ne sont pas racistes, eux non plus ?
Il la voit hésiter, rougir, il la prend gentiment par l'épaule.
- Comment je dois m'habiller pour aller chez toi ?
Il rit. Il s'écarte pour ne pas recevoir le coup qu'elle lui destine.
- Tu te moques de moi, on dirait !
- Non, de moi, je t'assure. Je me suis éclaté de rire en m'imaginant avec une cravate papillon.
- On dit : j'ai éclaté de rire et on dit nœud papillon.
Ils rient ensemble.

Le mariage n'aura pas lieu.

Sofien est consterné. Comment le maire a-t-il pu dénoncer le fiancé d'Amel ? Comment sa demande d'asile qui doit passer en commission dans un mois n'a-t-elle pas pu éviter l'arrêt d'expulsion ?
Quand il a vu les flics en arrivant dans la rue des futurs mariés, il a maudit le hasard. Puis il a compris que le hasard n'avait rien à y voir. Grâce au dossier de mariage déposé en mairie, les policiers avaient l'adresse de l'appart qu'Amel a loué et où loge son fiancé en attendant qu'elle le rejoigne après le mariage.
Celui-ci en voyant les policiers panique, tente d'esquiver le contrôle. Il se penche sur le canapé qu'ils transportent ensemble.
- On se tire sur la gauche, y a un contrôle.
- T'affole pas, c'est pas pour nous.
Il tire si fort que le bas du lit heurte Sofien à la cheville dans une douleur fulgurante. Mais ils n'ont pas fait trois pas que les flics les rattrapent.
- Vos papiers.
Sofien essaie de négocier.
- On emménage, on habite là.
- Contrôle, vos papiers.

Il tend ses papiers, explique qu'il est éducateur. Les flics ne l'écoutent pas.
- Vous habitez les Minguettes et vous venez de me dire que vous habitez ici.
- C'est ma sœur qui a un appartement ici, on lui amène des affaires. Elle se marie samedi, ce monsieur est mon futur beau-frère.
- Vous, vos papiers.
- Je ne les ai pas, je les ai laissé à l'appartement, je suis juste descendu chercher le canapé.
- Vous habitez ici ?
- Euh... oui. Non.
- Oui ou non ?
- Je vais me marier et nous allons habiter ici.
- Vous êtes français ?
- Non.
- Vous avez une carte de séjour ?
- Non, je suis demandeur d'asile. Je passe en commission de recours le 30.
- Vous allez chercher votre passeport, on vous suit.
Les policiers l'entraînent brutalement, intimant à Sofien l'ordre de ne pas les suivre. Avec le canapé sur les bras, d'ailleurs, il ne savait pas trop quoi faire. Il voit réapparaître son beau-frère menotté, se débattant entre les deux hommes, hurlant comme un fou.
- Sofien, Sofien, ne les laisse pas m'expulser, au bled ils me tueront, lâchez-moi, lâchez-moi, je suis demandeur d'asile, merde, lâchez-moi !
Ils lui donnent un coup de matraque.

Sofien ne l'a pas revu.

Cette image d'un jeune criminel, menotté et matraqué, ici, en France, ce même jeune homme militant des droits de l'homme, là-bas, en Algérie, ne cesse de le bouleverser. Est-ce un crime de fuir la répression ? Est-ce un crime d'aimer et de vouloir épouser la femme qu'on aime ? Un crime d'aimer ? Ils n'en ont pas fini dans la stupéfaction. Car sa sœur Amel, locataire de l'appart', est inculpée pour aide à séjour irrégulier. Oui, oui, parce que l'appartement était à son nom, parce qu'elle ne vivait pas avec lui, pas encore, parce qu'ensemble ils préparaient leur nid, elle va être jugée, elle risque la prison. Coupable d'aimer et de vouloir vivre avec l'homme qu'elle aime, coupable d'aimer un étranger coupable lui-même d'être étranger et coupable d'être, dans son pays, victime ! Où va le Droit ? Aux Minguettes, le Droit, il zigzague, dirait Manolo.

La maison est toute simple, Sofien s'en étonne. C'est marrant comme les français aiment les vieux objets. Chez lui, on aime seulement ce qui est moderne. La fameuse marraine les accueille royalement, on se croirait chez des arabes, elle a fait un repas succulent, bon à se manger les doigts. Son compagnon est fier de leur faire goûter les produits de son jardin. Sofien raconte que le père a planté un saucier-laure, oui, c'est ça, un laurier-sauce, dans un pot, sur le balcon, pour pouvoir cuisiner de la méloukhia. Ils admirent les tableaux peints par leur hôtesse, des tableaux qu'elle a baptisés de drôles de noms, Parfum de tilleul, Musique d'étoiles ou Symphonie de rosée. Ils l'ont attendu, ce fameux dimanche, à croire qu'il ne viendrait jamais. Et c'est comme un souffle léger, une parenthèse de répit. Sofien explique à ses hôtes l'emprisonnement d'Anis pendant un mois pour délit de hall d'immeubles, le mariage d'Amel annulé, le désespoir avec l'un en détention, l'autre en rétention. Sofien voit Anis s'écarter, aller vers les disques. Il ne supporte pas qu'on parle de ce qui lui est arrivé. Il est devenu sombre, fermé, on dirait un zombi. Contrairement à beaucoup, la marraine est au

courant de cette loi sur les halls d'immeubles, elle était même à un meeting de protestation la semaine dernière.
- Cette loi est criminelle. Anis est victime d'un système que nous sommes nombreux à dénoncer.
Amel baisse la voix :
- Mon père lui dit toujours de ne pas traîner dehors avec les voyous du 48, mais il ne veut pas écouter. C'est vrai, Bab lui dit tout le temps et il n'en fait qu'à sa tête.
- Il faut savoir faire la part de ce qui vient de nous et de ce qui vient d'autrui. On ne peut trouver du travail si on ne se bouge pas un peu mais un beur a cinq fois moins de chance d'en trouver que quelqu'un d'autre, il serait indécent de le nier.
Amel hausse les épaules. Tout lui indiffère sauf son idée fixe, trouver un moyen légal pour empêcher l'expulsion de son fiancé, trouver le texte de loi qui le sauvera, le témoignage qui prouvera qu'il est en danger s'il rentre en Algérie, qui convaincra les juges. Elle croit en la justice. Sinon, comment vivre ?
Leur hôtesse leur offre des chocolats. Son compagnon prend le sachet, se dirige vers Anis. Sofien se demande si le chocolat qu'il a pris est sans alcool, il relance la discussion :
- On ne peut pas s'affranchir de son milieu, alors ? Moi, j'ai essayé, j'ai même fait une psychanalyse. Reste que c'est un peu paradoxal

de se retrouver éducateur justement là où j'aurais pu être délinquant.
- Pour être sujet de son histoire, il faut résister. Si tu veux maitriser ce qui t'arrive sans être victime de ce que tu subis, tu es obligé de te révolter, de te battre, c'est la seule solution pour s'affranchir des inégalités.
Sofien regarde cette femme si enflammée, s'étonne qu'elle n'ait pas camouflé sous une teinture les quelques mèches blanches qui parsèment sa chevelure. Ça ne l'empêche pas d'avoir de l'allure, finalement. Il l'écoute avec plaisir :
- De toutes façons, c'est scandaleux que la prison existe encore au troisième millénaire, c'est une atteinte aux droits de l'homme, un supplice dégradant et humiliant, la torture légalisée.
Sofien est abasourdi mais il n'ose rien dire, peut-être n'a-t-il pas bien compris, est-ce qu'elle veut réellement supprimer la prison?
- Je suis abolitionniste, explique-t-elle, pour l'abolition de la prison. On a bien supprimé l'esclavage, la torture, la peine de mort.
- Et par quoi elle serait remplacée ?
-Voilà une question qu'on ne se pose jamais alors que la prison est une enclave de non-droit dans un pays de droit. C'est notre forme de pensée qu'il faut changer. Pourquoi faudrait-il punir ? La prison fabrique de la délinquance, tout le monde le sait.

Jeanne-Marie s'interrompt, elle interpelle Anis et son compagnon qui, ensemble, discrètement, choisissent un CD. Elle sert à boire à chacun.

Jeanne-Marie ouvre un œil, quelle heure peut-il être, elle glisse un demi regard, pour ne pas se réveiller en plein, sur les chiffres lumineux du réveil matin, cinq heures, se rendormir, se rendormir… Elle se réveille en sueur. Une onde de chaleur monte du plexus solaire et irradie son corps jusqu'à ses extrémités. Les bouffées de chaleur sont de petits orgasmes sans partenaire, se dit-elle, c'est ce qui en fait l'insupportable. Elle rit en elle-même : une sorte de chauffage central, dommage que la télécommande ne soit pas livrée avec. Ses rêves flottent encore autour d'elle. Elle sort une jambe de sous les draps tout en se pelotonnant contre l'homme à ses côtés. Mon garçon, mon garçon. Il est sa seule certitude, son seul réconfort. La douceur de sa main posée sur son sein la préserve d'être vieille, fait de son corps un corps intemporel, glorieux, un corps de désir. Elle sent l'angoisse lui tordre le ventre. Il est huit heures. Se lever, pourquoi ? A nouveau elle se désespère, elle ne comprend pas cet état de doute qui l'envahit depuis quelques mois. Elle se sentait si sûre d'elle, si tranquille. Que se passe-t-il ? « Rien n'est jamais acquis à l'homme ni sa force ni sa faiblesse. » Ni son corps ! Car son corps change, ce corps qu'elle a découvert à l'adolescence connaît une nouvelle transformation : ses doigts ne reconnaissent plus ses bagues, ses pieds peinent à entrer dans des chaussures qu'elle a toujours négligé de délacer, jusque-là. Quel sens a sa vie ? Voilà que tous les petits et grands chagrins du passé viennent taper à la porte de son cœur, mais elle n'a plus de larmes pour eux, ils sont enterrés si profonds. Elle croyait les avoir surmontés, se disait capable de vivre avec. L'image même en est estompée, enracinée dans ses rides, elle n'a pas de chagrin, juste un serrement en ce plexus solaire qui bloque le soleil de ses joies. Pour mieux le libérer ou pour l'étouffer à jamais ? La vie est-elle encore devant elle ?

Jeanne-Marie se lève. Il fait jour, les premiers rayons de soleil étincellent dans le tilleul et ses angoisses de la nuit lui semblent étrangères. Combien ses jours sont plus clairs que ses nuits ! Le téléphone sonne. Laureline lui propose de l'accompagner à la Bourse du travail pour une réunion témoignage des Missions civiles pour la protection du Peuple Palestinien. Elle se redresse. Car dans la voix et aux yeux de sa filleule, Jeanne-Marie est cette femme dont les rides dessinent une vie en accord avec des idées, des passions, des choix. Une vraie vie. Tout ce qu'elle rêve d'être et qu'elle est peut-être pour Laureline.

J'étais sûre, pense Laureline, qu'elle partirait au quart de tour, sur ce coup-là. Ma marraine, on peut compter sur elle…

Elles s'installent dans la salle F. Laureline aperçoit Younès qu'ils sont venus écouter. Elle lui sourit. Quand elle lui a dit qu'elle n'avait jamais entendu parler des Missions Civiles pour la protection du peuple palestinien, il l'a regardée droit dans les yeux, le doigt tendu vers son visage à le toucher et lui a dit : "Mercredi, à 18 heures, à la Bourse. Tu comprendras." Le ton était chaleureux et pourtant sans réplique, Younès exigeait impérativement sa présence avec la certitude de l'obtenir. Elle a dit oui. Younès est un grand garçon silencieux qui porte sur le monde et sur lui-même un rire dont la naïveté feinte tout à la fois dérange et crée une connivence. C'était leur première rencontre.

Laureline écoute distraitement les analyses de la situation en Palestine, tout en parcourant les papiers déposés sur la table. La politique l'ennuie profondément. Ou lui fait peur. C'est tellement agressif, violent. Elle rêve d'un univers de joies et de paix.

- Alors nous nous sommes mis en ligne entre les fusils des soldats et le réservoir d'eau.

Laureline dresse l'oreille, un silence lourd pèse sur la salle, tout le monde est suspendu aux lèvres de l'oratrice, une femme qui arrive d'une mission. Ils semblent penchés sur elle comme s'ils la portaient. Cette pensée traverse Laureline avant qu'elle ne plonge elle aussi dans la parole de la femme, dans l'émotion.

- Nous portions tous bien visiblement les maillots jaunes des internationaux, on se disait qu'ils n'oseraient pas tirer, on espérait qu'ils n'oseraient pas. Les ouvriers palestiniens ont commencé la réparation. A un moment, les soldats ont fait mine d'avancer, Sabrina a crié "On ne bouge pas", on se sentait tétanisé. Le réservoir a été réparé, ce soir-là il y avait de l'eau au village, c'était la joie. Trois jours après, les soldats à nouveau le détérioraient. On avait gagné trois jours, trois jours seulement. Mais on avait gagné aussi cette force, la résistance.

Les témoignages se succèdent. Et Younès prend la parole.

- Bon, ben, moi, j'ai juste fait le clown, parce que c'est ce que je sais faire.

Tout le monde rit. Après tant d'émotions, le rire fuse comme une soupape bienfaisante.

- Non, non, je ris pas, c'est en vrai, je faisais le clown. Je suis clown et j'ai pensé que les gosses, quoi, ils avaient pas souvent l'occasion de rire alors je me suis dit, bon, ben, j'y vais. Alors j'allais de village en village et je faisais mon spectacle et les enfants riaient et les parents, ben, ma foi, ils étaient là aussi, ils riaient aussi. J'allais dormir chez eux, on se comprenait en arabe, même si j'ai un arabe un peu cassé, j'suis algérien de France, alors forcément.

Il dit peu de mots, Younès, mais peu à peu il recrée la magie du clown, il pirouette entre rire et désespoir, il nous fait la grimace derrière le miroir pour mieux venir nous chercher, nous effleurer, nous toucher, il nous balance des larmes plein les yeux et les transforme en étoiles d'un coup de baguette magique. Chacun est sous le charme. Il se tait. Le silence se fait épais, plein. La réunion se poursuit par des analyses politiques, puis l'organisation des actions. Laureline a décroché. Enfin ils se lèvent.

Ils bavardent sur la porte. Anis leur présente son ami Rushdi, de Chambéry, qui part en mission le 5 juillet pour la récolte des tomates. Jeanne-Marie propose d'aller boire un coup.

- Il est trop tard, y a bientôt plus de trom, plus de bus.

- Je peux vous ramener, j'ai la voiture, propose Laureline.

- Non, non, c'est pas ta route.

- C'est pas ma route mais je peux vous emmener, c'est pas le bout du monde, quand même, les Minguettes. C'est à dix minutes.

- Et tu es en règle ?

Elle rit.

- En règle ? Qu'est-ce que tu veux dire ? Tu as peur que je fasse du trafic ?

- En règle, c'est-à-dire avec tous tes papiers, les fafs de la voiture, le contrôle technique à jour,

les pneus pas trop usés, en règle, quoi. La nuit, de par chez nous, tu as une chance sur deux d'être contrôlé par les keufs et quand ils contrôlent, t'as intérêt à être nickel chrome. La loi sur la sécurité, tu connais pas ? Et Sarkozy, tu crois qu'y pense qu'à s'occuper de sa meuf? C'est ta tronche qu'il occupe et pour mieux te carotte, ouais ! Chaque mois, il nous pond une poukave de loi et personne y voit rien.
Laureline n'ose pas répondre ni faire préciser. Elle regarde Sofien, Younès et se demande s'ils habitent bien dans le même pays.
Dans la voiture on se taquine, on chahute. Laureline interroge Younès, c'était tellement bien ce que tu as raconté, mais tu dis qu'on te prenait pour un Palestinien, tu n'avais pas peur ?
- Non, tu sais, j'ai l'habitude, j'habite les Minguettes.
Younès se reprend, aussi sidéré que Laureline de ce cri du cœur qui lui a échappé.
- Enfin, ici je risque pas la mort, c'est vrai.
Il cherche ses mots.
- Enfin, moins, pas de la même façon. Mais les keufs, tu vois, aux Minguettes, ils sont tout le temps-là, toute mon enfance, je les ai vu, là, à nous chercher, à nous provoquer. C'est ça que je voulais dire.
Laureline est abasourdie.
Ici, en France, à dix minutes de chez nous, mon Dieu ! Et je ne savais pas.

Des fois j'aimerais ne pas savoir, moi non plus, souffle Anis douloureusement.

Sérieux, il ira pas, à cette convoc' de Paulije. La veille du bac ! Avec ce qu'il a vécu en zonzon, Anis, il n'a plus rien à perdre. Qu'ils viennent le chercher !

Ils viennent le chercher. A croire qu'ils savent à tout moment ce qu'il fait, où il est. Ils le cueillent devant le supermarché, l'embarquent. Il flippe méchant. Qu'est-ce qui va encore lui tomber dessus ?

Paulije l'accueille avec sa bonhomie habituelle, il se cramponne pour pas se laisser aller, pour se rappeler quelle pourav elle est. Elle lui propose même à boire, il ne répond pas, ne fait pas un geste vers la boite de coca qu'elle lui tend.

- Tu es vraiment trop agressif, mon petit Anis, c'est dommage, ça risque de te faire du tort. Fais un effort, si ce n'est pas pour toi, pense à ta famille, à ton frère. C'est vraiment un mec bien, ce Sofien, il ira loin.

Anis se sent tout merdique. Et moi, et moi, est-ce que j'irai loin, est-ce que mon frère pourra être fier de moi ? Qu'est-ce qui arrive à ma vie, bon sang, qu'est-ce qui arrive ? A sa demande, il lui tend, comme un automate, ses papiers.

-Tiens, passe-moi le cutter, là, devant toi.

Elle découpe des photos. Elle ne se presse pas.

- Ton frère, il fréquente ? Il parait qu'on l'a vu avec une minette, une française de bonne famille, ce n'est pas une fille pour lui, je te le dis.
Anis serre les mâchoires, il ne bouge pas. De quoi elle se mêle, on lui demande pourquoi elle est célibataire, elle ? A croire que ça lui fout les glandes... L'inspectrice semble s'énerver, elle parle plus vite, plus haut.
- Ecoute, si je t'ai fait venir, c'est pour t'aider. Voilà, on vient de découvrir tout un réseau de trafic de drogue aux Minguettes et on connaît presque tous les noms : Farid, Mourad. Et toi, mon garçon.
Anis se dresse en hurlant.
- C'est pas vrai, c'est pas vrai, qu'est-ce que vous allez inventer ?
- Je veux seulement que tu me dises les noms des copains et de celui qui vous fournit.
- Mais j'en sais rien moi, je ne suis pas au courant, je ne suis pas mêlé à ça, je ne sais rien.
- Calme-toi, c'est une affaire grave, il ne s'agit pas d'un peu de kif, c'est de la cocaïne que vous dealez.
- Mais ça va pas, ils n'ont jamais touché à ça !
- Ah, tu vois que tu en sais plus que tu ne le dis. Alors maintenant il faut te montrer un peu sérieux. Il y a un moyen de te tirer d'affaire et je vais te l'expliquer. Il y a une nouvelle loi, connu sous le nom de loi Perben II qui permet qu'un repenti, s'il dénonce les co-auteurs d'une infraction, soit dispensé de sa peine et protégé

par la police, il peut même changer de nom et disparaître. Ce serait la meilleure solution pour toi.

Elle veut me faire disparaître, s'affole Anis, elle veut ma peau c'est sûr. Doucement, fais pas ta parano, mon vieux, calme-toi. Qu'est-ce qu'elle me demande là ? De balancer les copains ? J'suis pas une poukav ! J'ai rien à voir avec ça, j'ai rien à voir avec ça.

- J'ai rien à voir avec ça.
- Mon petit Anis, on a des preuves contre toi, je t'assure que tu as intérêt à avouer, je t'ai déjà dit que tu risques beaucoup moins de sanction, et même aucune si tu nous aides. Il faut que tu parles, allons, fais-moi confiance.

Anis s'enferme dans le silence. Une heure passe. Elle redit les mêmes mots, calmement, sans se lasser. Ça lui éclate la tronche.

- Bien, passe-moi ton blouson.

Elle le fouille vite fait, le garde à la main.

- Pièce à conviction.

Elle se lève, ramasse ses papiers laissés sur le bureau.

- Bon, suis-moi, on y va.

Elle l'emmène, passe dans le bureau adjacent, explique qu'elle va aux Minguettes. Anis l'entend refuser d'être accompagnée, elle explique à nouveau où elle va à deux policiers en uniforme. Ils montent dans la vago. Les rues défilent, Anis ne voit rien. Tout à coup il sursaute. Pourquoi a-

t-elle pris cette direction ? Il la regarde, elle se tient la poitrine en grimaçant.
- Je ne me sens pas bien.
Elle stoppe la voiture dans un terrain vague. Anis sent son cœur qui met le turbo. Que veut-elle faire ?
- Je ne me sens pas bien, j'ai un malaise. Prend le volant.
- J'ai pas le permis.
- Mais tu conduis, je le sais, prend le volant, il faut m'emmener à l'hôpital, je vais mourir, je te dis, emmène-moi, tu ne peux pas me laisser mourir.
Anis s'affole, il a la conduite accompagnée, on va l'accuser de… Quoiqu'il fasse, il est foutu. Il regarde tout autour. Personne. Il s'affole. Il prend le volant. L'autre a l'air bien mal en point. Il conduit prudemment. Ils arrivent à l'avenue, il y a des voitures, du monde. Il pense à se garer, à prévenir quelqu'un. Elle semble l'avoir deviné. Elle crie dans un sifflement aigu :
- Continue, continue !
Il continue. Elle dit qu'elle ne peut plus respirer, elle ouvre la fenêtre et se penche. Un policier municipal la reconnaît et lui fait signe.
- Tourne à droite.
- Mais la clinique, c'est tout droit.
- Tourne à droite, je te dis, tourne.
Sur le bord de la route, il voit Sofien, il va s'arrêter.

- Continue, c'est une question de minutes, continue.
Sa voix s'est faite mourante. Anis a la tête vide, il n'arrive plus à penser.

Sofien est interloqué. Il vient de voir son petit frère, oui, Anis, au volant d'une voiture de police et à ses côtés, la mère Paulije. Impossible. Il a rêvé. Ils ont tourné vers la rue Edouard Herriot. Pourquoi ?

C'est une question qu'il va se poser sans discontinuité pendant les jours qui suivent. Il attendra son frère jusqu'au matin. A six heures, trois policiers pénètrent dans l'appartement, fouillent, questionnent. Où est Anis, quand l'a-t-il vu pour la dernière fois, que sait-il du trafic de cocaïne auquel son frère était mêlé, a-t-il vu Madame l'inspecteur Paulije, menteur, il l'a vue et lui a confié qu'il s'inquiétait pour son frère, on a retrouvé sur le bureau de l'inspecteur des notes qu'elle a prises suite à cette conversation, des notes non datées mais certainement récentes, sinon pourquoi les aurait-on trouvé sur la table de travail ? Il finit par comprendre que Paulije a disparu, son frère aussi, qu'elle voulait faire une confrontation entre lui et Farid, ils affirment qu'Anis a donné Farid, qu'on lui a promis le statut de repenti. Pendant trois jours ils fouilleront, interrogeront, procèderont à des arrestations. La tension monte aux Minguettes. Au bout de soixante heures, Farid et ses amis sont relâchés, aucune preuve n'a été retenue contre eux. Une manifestation est prévue pour le mardi. Le lundi à 18 heures, la nouvelle tombe : on a retrouvé la voiture dans laquelle a disparu l'inspecteur Paulije avec le jeune maghrébin près du lac de Charavine, à soixante kilomètres de Lyon en direction de Chambéry. Sur le siège arrière, son sac à main à moitié renversé, plus d'argent, plus de carte bleue. Sur le plancher, un cutter taché de sang : le sang est d'elle, les empreintes sont de lui.

C'est clair : le jeune homme qui a été vu conduisant la voiture avec la policière à ses côtés l'a enlevée et assassinée. Des équipes se succèdent pour sonder le lac. Pendant ce temps les Minguettes ont été mises sous haute surveillance. Mais les jeunes sont dans une excitation et une rage folle. C'est leur Anis, leur pote dont toutes les télés parlent, et c'est leur inspectrice, cette garce qui cherche les embrouilles à tous, dont chacun dans le quartier raconte comment elle te fait marron sans que t'y piges que dalle. Et puis les perquisitions, les fouilles, l'œil au beurre noir de Farid et maintenant les keufs partout, c'est trop de chez trop. Dans la nuit, des voitures brûlent.

Mardi matin, on apprend que tous les papiers d'identité du jeune homme ainsi que son blouson Nike ont été retrouvés aux abords de l'eau. Deux morts, aucun cadavre mais les indices sont limpides : il l'a tuée et s'est suicidé ensuite. Ce jeune délinquant souffrait de dépression depuis un mois et avait affirmé devant témoins qu'il préférait mourir plutôt que retourner en prison.

Sofien lit le bulletin de "Résistons ensemble " que Laureline vient de lui remettre. "Résistons ensemble" dénonce les lois sécuritaires Perben Sarkozy qui, en tentant de faire de tout citoyen un criminel, en fait une victime. Elles fonctionnent comme un serpent qui s'enroule d'abord autour des plus faibles, en périphérie, mendiants, prostituées, puis autour des banlieues mais qui continuera ensuite en neutralisant les retraités puis les syndiqués et les militants. Alors il sortira tranquillement sa tête pour mordre au cœur du pays. Le titre de l'article : "La loi assassine !". Comment l'a-t-elle eu ? La marraine ? Non, explique-t-elle, elle a rejoint cette association, "Résistons ensemble ", après leur journée dans les Monts du Lyonnais. Ce jour-là, s'est opéré en elle un choc, tant affectif qu'intellectuel qui l'a complètement bouleversée, retournée, chamboulée, mise à l'envers. Littéralement, elle s'est retrouvée les pieds en l'air et la tête en bas. Ou plutôt le contraire, elle vivait à l'envers jusque-là et s'est mise sur ses pieds pour la première fois. Debout. Pensante. Dans une pensée autonome. Cette pensée qu'elle poursuivait avec passion à travers ses cours de philo prend corps enfin. Une révolution en quelque sorte. L'espoir d'une société sans prison et sans punition. Le désarroi d'Anis a pris sens pour elle. Tout à coup elle était une jeune femme blanche dans l'Afrique du Sud de l'apartheid qui rencontre pour la première fois l'homme qu'elle voyait tous les jours depuis son enfance, un jardinier noir. Et qui découvre alors, à sa porte, Soweto. Ce livre d'André Brink l'avait beaucoup touchée mais voilà qu'elle en faisait la lecture pour de vrai. A sa porte, aux Minguettes, un jeune homme avait été brutalisé parce qu'il refusait la brutalité policière, avait été emprisonné parce qu'il était avec des copains dans un hall d'immeuble, avait été accusé de trafic de drogue et encouragé à dénoncer ses copains avec la promesse de disparaître. Laureline ne croit pas qu'il ait accepté le statut de repenti, comme certains ont pu le dire, parce qu'elle est persuadée, douloureusement persuadée, qu'il s'est suicidé. Il l'a dit, ce jour-là, à sa marraine qui était peut-être la première à l'écouter en l'aidant à se replacer dans son histoire : "Plutôt mourir que retourner en prison." Elle avait vu son visage si triste, sa pâleur, ses gestes lents, sans énergie, sans désir. Sans vie. Ce n'est pas parce qu'on le dit qu'on le fait, elle le sait bien. C'était sa manière de dire qu'il était résolu à ne pas se faire arrêter, oui, c'est vrai. Elle est bien d'accord avec tous ses arguments, d'accord avec Sofien, sa marraine, tous ceux qui ne croient pas en sa mort. Mais elle en a l'intuition, oui, l'intuition. Elle sait qu'il est mort, elle sait qu'il s'est suicidé comme si ça lui arrivait à elle. Oh oui, elle préfèrerait mourir si le sort s'acharnait sur elle ainsi, si elle était arabe en butte à tous les regards racistes du lever au coucher, si elle était poursuivie pour avoir défendu un homme, pour avoir fraudé dans le métro, pour avoir pensé. Pour avoir respiré. Avec le chômage en héritage, de père en fils. Avec cette injustice incroyable, l'arbitraire au quotidien, les contrôles des flics, pourquoi moi et pas mon voisin, pourquoi moi encore et toujours. Et en se débattant contre cette situation, s'y enferrer davantage encore, apparaître agressif et violent. Etre pris dans une toile d'araignée qui se resserre de plus en plus autour de soi et sentir, à chaque mouvement pour s'en défaire, les mailles se resserrer davantage encore. Mourir, oui, plutôt que cet enfermement. C'est ce qu'Anis a choisi, elle en est sûre. La liberté.

Mais elle ne le dit pas, et surtout pas à Sofien. Elle le rejoint à la MJC où il a repris son travail. Il secoue la tête et agite son téléphone pour scander ses paroles : son frère ne peut être mort, son frère ne peut être un assassin. Il le répète pour la millième fois. Il se cramponne à ces deux certitudes et il attend. Par téléphone ou par mail, son frère va le prévenir qu'il est vivant. Tous les jours, il se rend à la M.J.C avec cette seule pensée, ouvrir sa messagerie. Anis se rappellera-t-il son adresse ? Il a du mal à s'occuper de sa stagiaire, se rappelle que le stage est bientôt fini et qu'il faudrait à la jeune fille des éléments supplémentaires pour faire son dossier de stage. Il se sent vaguement coupable bien qu'elle l'ait régulièrement rassuré. C'est vrai qu'elle semble sincèrement plus préoccupée par ce qui arrive à sa famille que par son diplôme. Cette fille, on peut compter sur elle, vraiment.

Mercredi, coup de théâtre. Le Canard met en doute la version de la police : le vendredi soir, l'inspectrice Paulije s'est installée dans un petit hôtel aux abords du lac où elle avait réservé une chambre pour six jours au nom de Madame Blanche, nom de jeune fille de sa mère. Elle a été reconnue par un ancien truand, elle était hagarde, ne sachant plus très bien qui elle était, comme si elle avait subi un choc. Elle portait un blouson Nike taché sur une jupe de ville. Elle aurait laissé sa valise à l'hôtel avant de disparaître. D'après le Canard, le jeune homme a été tué par la policière qui a tenté de camoufler cette bavure avant de se donner la mort. Elle transforme son suicide en meurtre et son meurtre en disparition. La mise en scène est évidente : le cutter avec les empreintes, le mobile affiché avec le vol de l'argent. De plus, le lac lui permettait à la fois de faire disparaître le cadavre et de se noyer. Elle était connue pour son esprit discipliné à l'extrême, sa soumission totale au règlement, sa crainte de la faute et n'aurait pu supporter, suite à sa bavure, d'être confrontée à sa hiérarchie et à la justice. La noyade est un suicide fréquent chez les femmes et chez les personnalités maladivement scrupuleuses.

Et le journal titre " Charivari à Charavine : quand le chouraveur chouravé chavire, ça vire en tueur tué." Et le sous-titre questionne : " Une victime assassine ? "

Non, non, Sofien n'a pas lu les journaux, Sofien, jour après jour, guette son écran, sous le regard inquiet et compatissant de Laureline. Sa colère et son désespoir n'ont été qu'attisés par la nouvelle de la libération de Nizar Sassi et Mourad Benchellali enfin reconnus innocents : car ils ont été impliqués à tort dans les attentats du 11 septembre contre les tours jumelles, car ils ont été emprisonnés deux ans à Guantanamo dans des conditions inhumaines, et ce dans une indifférence générale époustouflante. C'est ça, la France ? Figé devant son écran, Sofien est un bloc de glace, une glace froide à vous brûler, à coller sur les doigts.

Un message s'affiche, il se penche. Saber. Qui cela peut-il être ? Il lit :

La vampire a tout préparé pour sa mort, sang, papiers. Elle fait croire qu'un cactus l'a éclatée, elle pense sortir de la tombe le troisième jour, une fois le cactus dégommé. Raté. Le cactus se cultive, il prend son pied.
Pour être sujet de son histoire, faut résister.
Bonjour de la cousine Haïfa.
signé Saber

Il tremble.
- C'est lui, je crois que c'est lui.

Il sent le souffle de Laureline qui s'est précipité pour lire derrière lui, mêlant le cuivre de ses mèches au noir de ses boucles.

- Qu'est-ce que ça veut dire ?
- Vampire, c'est comme ça qu'on appelait l'inspectrice, il veut m'expliquer, c'est sûr !
- Ce n'est pas une blague, au moins ? D'autres que vous l'appelaient vampire ?
- Tout le monde. Saber, Saber, pourquoi Saber ? Et je ne connais personne du nom d'Haïfa…
- Il a codé son message. Saber, ça veut dire quoi en arabe ?
- En arabe littéraire, c'est la figue de barbarie. Ça veut dire endurance, aussi, résistance.
- On n'est pas plus avancé. Mais en tous cas la phrase "pour être sujet de son histoire, il faut résister", c'est ce que disait ma marraine ce fameux dimanche.
- Tu es sûre, tu es sûre ?
- Oui, je me rappelle bien.
- Dis donc, les figues de barbarie poussent sur les cactus, non ?
- Tu as raison, le cactus, c'est lui.
- Donc Paulije met en scène sa propre mort pour faire accuser Anis, après l'avoir grillé auprès des copains en faisant croire qu'il les avait dénoncé pour avoir le statut de repenti. Elle pensait réapparaître quelque temps après, quand elle serait sûre qu'Anis serait impliqué. Mais que s'est-il passé ensuite ? Pourquoi se cacherait-elle encore ?

Sofien lit et relit le message. La cousine, la cousine… Veut-il parler de Leïla ? Mais pourquoi ? Son frère aimait bien Aïcha, la fille d'oncle Ahmed. Aucun rapport ! Résister. Y a-t-il un sens caché ?

- Tu lui avais parlé de ce bulletin "Résistons ensemble " ?

- Non, pas du tout.

- Et ce n'est pas connu, ce doit être un hasard. Il ne s'intéressait pas trop à la politique, à part la résistance palestinienne… Attend ! Haïfa, c'est une ville palestinienne !

Sofien attrape Laureline dans ses bras et la fait tournoyer en chantant.

- Nélil'or, Nélil'or, tu es une fille en or ! Anis est en Palestine, il est vivant en Palestine, j'en suis sûr ! El Amdulillah !

La joie de Sofien redouble quand il se rend compte qu'il vient de l'appeler Nélil'or, ce surnom inventé par son frère. Il s'amuse de son air étonné et fait claquer sur ses joues deux baisers bruyants.

Alors qu'explosent les banlieues, la cérémonie et les honneurs rendus à l'inspectrice disparue, cette mort sans cadavre, seront pour Sofien un épiphénomène sans importance, tant la certitude qu'Anis est vivant emplit sa vie. Et aussi cette nécessité que personne ne le sache, à part la famille proche. Il en devient presque parano, mesurant ses paroles et ses rencontres. Sa colère lui fait moins mal et il se demande s'il ne l'a pas déposée dans les voitures brûlées par les jeunes de son quartier réinventant l'Intifadha. Lui qui a toujours critiqué les émeutes, réactions viscérales et stériles, se dit pour la première fois qu'il faut peut-être aux adultes bien-pensants cette gifle adolescente pour qu'ils se réveillent enfin. Sa rencontre avec l'anarchiste Jeanne-Marie n'est peut-être pas pour rien dans cette analyse.
C'est alors qu'il a la visite de Rushdi.
- J'ai des nouvelles d'Anis.
Sofien est bouleversé, il entraîne Rushdi dehors, à l'abri derrière un immeuble, l'interroge fébrilement.
- Anis s'est lachav à ma place, avec mes papiers, le 5 juillet, par l'Italie. Il est allé faire la récolte des tomates à Jayyous, en Palestine.
- Alors c'est bien vrai, il est vivant !

- Et il va bien. Il demande si tu peux me rembourser son voyage et lui envoyer un peu de tunes pour rejoindre le Liban.
- Pourquoi le Liban ?
- Il compte reprendre des études tout en travaillant. Il a des contacts pour un taf dans un restaurant de cuisine à la française.
- Mais que s'est-il passé au lac de Charavine ?
- Anis y a jamais mis les pieds. Paulije, après l'avoir affiché au volant de sa voiture, après avoir fait croire qu'il avait lanceba les copains et accepté de disparaître, l'a jeté dans un bled paumé, Torchefelon, en lui taxant ses papiers et son blouson. Quand il est arrivé chez moi, à Chambé, j'te raconte pas comme il était zarbi, il disait qu'il était pris dans un piège qui se refermait sur lui. Fallait l'aider à en sortir, fallait enrayer l'engrenage. La seule solution, c'était qu'il s'arrache. Alors j'y ai donné mon billet d'avion et mes contacts.

Sofien a lu tous les journaux concernant l'affaire. L'inspectrice avait emporté le cutter qu'Anis avait touché dans son bureau. Elle a dû être assassinée juste après. Par qui ? Par les trafiquants de drogue sur lesquels elle enquêtait ? On n'a trouvé aucun dossier sérieux sur ce sujet, seulement quelques notes écrites de sa main concernant Anis et lui. Et pourquoi n'y a-t-il pas d'autres empreintes sur le cutter ? Et pourquoi a-t-elle pris une valise et sorti trois cents euros en liquide ?

-Pourtant ce soir-là, elle a pris rendez-vous pour se faire opérer, le jeudi, à Lyon, d'un polype bénin.
-Comment tu le sais ?
-La secrétaire est la cousine du fiancé de ma sœur, elle habite Lyon et travaille dans le service. Elle se rappelle que Paulije a eu une drôle de phrase toute bancale quand elle a appelé : "J'ai un polije anis à éliminer". Elle a bégayé puis s'est reprise. « Un polype anis à éliminer. Non, pas anis, anal, un po-ly-pe a-nal. » Drôle de lapsus, non ? En tous cas, elle comptait être là le jeudi. Elle partait pour quelques jours.
Alors si Paulije est morte, où est son cadavre, si elle est vivante, où se cache-t-elle ?

Comment je m'appelle, comment je m'appelle, ils n'arrêtent pas de le demander, j'en sais rien, moi ! On ne m'a jamais appelé par mon nom, de toute façon ! Ils m'appelaient tous Polipe. Polipe, ce n'est pas un nom, ça ! Police alors ? A quoi bon, ils ne me croient pas, ils ne me croient jamais. Je leur ai dit que je devais partir, que jeudi, je passe le bac, ils disent que ce n'est pas vrai, que je suis trop vieille pour passer le bac. Ah, bon. Mais mon mariage, ils vont aussi me faire rater mon mariage ? Tout est prêt pourtant, jeudi, je passe devant le maire, je m'en souviens très bien. Je ne vais pas rester vieille fille, moi, j'ai trouvé un homme qui veut m'épouser. Mais qui ? Jeudi, jeudi. Je dis quoi, là ? Je ne dois pas leur dire mon nom, sinon ils me mettront en prison, ils sauront que c'est moi qui ai tué l'inspectrice. J'ai tout réglé, j'ai laissé mon vieux sac à main, j'ai mis du sang sur le cutter que j'avais pris soin au bureau de lui faire prendre en main… Le bureau ? Ah, oui, je suis dans la police, l'inspectrice, c'est moi. Lui, c'est Anis, celui qui ne me laisse pas manger de dattes et s'imagine aller en fac. Paulipe à éliminer, paulipe à éliminer, c'est lui qui veut m'éliminer, c'est sûr! Son blouson, je ne dois pas garder son blouson, je dois le faire disparaître mais il fait nuit, je sais plus où je suis, au secours… Mon père disait "Si tu bouffes la gamelle du chien, tu deviens chien". Comme il salivait devant sa pâtée, le chien chéri de papa, un vrai régal ! "Mange ce que tu as dans ton assiette au lieu de zieuter celle des autres." Et il me regardait avec ses yeux vides qui ne me voyaient pas et je devenais un trou. Mon Dieu, ma figure enfle, la grenouille devient plus grosse que le bœuf. Au secours, au secours ! Je suis inspectrice, inspectrice. La fille du juge, une vulgaire inspectrice de police ? Mais j'ai eu mon bac, moi, pas comme mon frère ! Et j'ai autant de pouvoir qu'un juge, plus peut-être avec les nouvelles lois. On me donne enfin carte blanche, la loi, c'est moi. Je voterai Sarkozy, c'est sûr ! Moi, à mon avis personnel, je pense qu'il y a un destin. Une fille de juge, ça fait des études, ça se marie avec un diplômé bac plus cinq et ça fait deux enfants, pas plus, sinon ça devient compliqué pour l'héritage. Un fils de bougnoule, ça rate sa scolarité, ça se marie avec une fille de bougnoule et ça finit en prison. C'est comme ça, c'est dans les gènes. Aujourd'hui, un enfant de trois ans, on peut déjà savoir s'il deviendra délinquant. Ils vont tous comprendre que l'Arabe m'a enlevée et m'a tuée. Avec 96 heures de garde à vue, il craque, c'est sûr. Quand je sortirai de mes six jours à l'hôtel, il sera trop tard. Je dirai qu'on m'a volé ma voiture. Moi, je n'ai rien fait, je ne suis pas en faute, j'ai toujours été irréprochable. C'est ce qu'ils ne supportent pas, les autres. Ils se moquent tout le temps de moi. Police, polipe, porridge. Paulije pas pige. C'est quoi, mon nom ? Et mon prénom ? Je n'ai pas de prénom ! Ils l'ont toujours déformé ! Ton prénom sonne bien, disait ma mère. C'est vrai qu'elle est un peu sonnée, disait mon père. Comment je m'appelle ? Un prénom qui sonne bien. Laure ? Line ? Sainte Glaire, pleine de morve, disaient les garçons du CM2. Mademoiselle Flair, aucun flair, disaient les collègues. La seule chose qui est clair, disait mon père, c'est qu'elle est un peu fêlée. Claire. C'est mon prénom. C'est pour ça qu'ils me retiennent là, à Saint Clair de la Tour. Mais ce n'est pas un hôpital psychiatrique ! Non ! C'est un Centre psychothérapique. Ah !

Fin

Je sais bien, lecteur, ce que tu vas me demander : ces deux-là, Sofien et Laureline, s'aimeront-ils ?

Difficile à dire. Il serait trop facile de rejouer Roméo et Juliette, l'amour qui triomphe des haines familiales. Et puis c'est peu vraisemblable. Quelle est la proportion d'union entre beurs et gouères, on le sait ?
Ils pourraient mourir dans les bras l'un de l'autre, ou dans une manif. Mais j'ai toujours trouvé qu'un auteur qui fait mourir ses personnages n'est pas correct et manque d'imagination. Faire mourir ses personnages, c'est méchant ou lâche. Soit parce que cela démontre une grande agressivité contre eux, soit parce que cela évite à l'auteur de trouver une solution quand il les a mis dans une situation impossible, soit parce qu'il considère le personnage qu'il élimine comme sans importance : combien de Sancho Pança ont vu leur existence raccourcie par la désinvolture d'un écrivain ? D'ailleurs je suis contre la peine de mort.
Je vous laisserais bien choisir chacun votre propre fin… Mais vous resterez sur votre faim, j'en suis sûre.
Ou bien je pourrais vous proposer plusieurs solutions possibles : si tu veux qu'ils se marient,

reporte-toi à la page 143, si tu veux qu'ils se séparent etc....Vous seriez libres de les inventer prisonniers des statistiques ou libres.
Mais la liberté, ça ne se délègue pas et puis, je les aime trop, ces deux-là, pour les livrer à l'inconnu ou pour les laisser partir comme ça, chacun de son côté. Alors que faire ?

On verra bien, tournons la page.

Elle ne l'appellera pas, c'est sûr, elle a sa fierté quand même !

Laureline est affalée sur le canapé, la tête toute proche du téléphone qu'elle se garde bien de regarder. Elle n'appellera pas !

Quand elle est allée lui dire que son stage était terminé, elle était si gaie et confiante, à peine inquiète de se faufiler dans un quartier qui flambait. Elle était persuadée qu'il allait lui proposer de la revoir, que peut-être enfin, puisqu'elle n'était plus là en tant que professionnelle, il allait avoir un geste, une parole plus intime. Ils ne pouvaient en rester là ! Mais il n'a rien dit, rien fait de ce qu'elle attendait. Il était comme toujours, décontracté, amical. Et son attitude même l'a empêchée d'exprimer son désir si fort de le revoir, de l'approcher au plus près, de le toucher. Tout en lui le lui interdisait. Ils se sont dit au revoir et elle est partie.

Non ! Elle ne l'appellera pas ! Pour qui se prend-il ? Elle l'appelle. Non, elle ne lui donnera pas de prétexte pour le voir, elle lui dira tranquillement, simplement qu'elle a envie de le voir.

- Sofien ? C'est Laureline. Il faut que je te voie, il me manque les projets de loi sur la prévention de la délinquance, il faudrait que je les aie.
Ils prennent rendez-vous.

Laureline est décidée. C'est trop ridicule de laisser passer sa vie. Elle se croyait tellement à l'abri dans son beau quartier, derrière ses remparts d'Ainay d'où les bien-pensants assistaient au lynchage des exclus ! L'inculpation de son cousin Pierre-Henri pour conduite sans permis a été une véritable bombe. Pour elle comme pour sa famille, avec des analyses opposées. Pierre-Henri, jeune cadre acharné au travail, dans un stress permanent, s'est vu enlever tous ses points de permis, puis son permis, pour excès de vitesse. Il ne pouvait se permettre d'arrêter de conduire. Des collègues, jeunes loups comme lui, le talonnaient, prêts à prendre sa place. Conduite sans permis, il risque la prison. Heureusement sa famille lui a trouvé le meilleur avocat de Lyon. Assourdie par le bling-bling et les haros sur le baudet, la spirale de répression s'est rapprochée : aujourd'hui, nous sommes tous des criminels. Mais Anis n'est pas mort, mourir pour échapper au déterminisme où nous enferment nos conditions sociales est le pire des choix, elle le sait maintenant. Ce qui nous fait libre, c'est de penser notre aliénation. De femme. De jeune fille de bonne famille. Et elle pense, Laureline, chaque jour de façon nouvelle. Elle n'hésitera pas, elle prendra sa vie en main, quitte à se faire rembarrer, elle fera le premier pas. En amour la fierté est toujours de la fierté mal placée, dit sa marraine. En amour ? Oui, oui, elle l'aime. Pourquoi ne l'avouerait-elle pas, ne le dirait-elle pas, ne le clamerait-elle pas ? Elle l'aime, elle l'aime ! Elle se laisse envahir par ces mots, elle les jette à la face du monde, ils chatouillent chaque fibre de son corps et atteignent les extrémités de l'univers. C'est pour ça qu'on peut avoir envie de se marier ? Pour publier, afficher aux yeux du monde le plus intime de son cœur ?

Sofien est déjà là, il discute avec Manolo et Farid. Il l'accueille chaleureusement, comme une bonne copine, la prend par le cou, indifférent à son émoi. Laureline se cramponne à ses résolutions, ce qu'elle a décidé est bon et juste, elle le fera, elle piétine d'impatience, guette dans chaque phrase des copains l'inflexion qui marque la fin d'une discussion.

- Bon, dit-elle pour annoncer un au revoir.

Farid fait déjà signe de s'éloigner, Manolo relance la discussion, tout excité par la situation explosive et les évènements de la nuit. Maintenant les choses vont changer, il en est sûr. Laureline boue.

- A plus !

Enfin ils s'éloignent.

- Je voulais te parler.

- Oui, viens, on va plus loin.

Il l'entraîne vers l'emplacement des tours implosées. Ça lui rappelle les tours du 11 septembre mais à l'envers, en miroir, d'implosion à explosion. Avec les mêmes jeunes, d'exclusion hier à implication aujourd'hui. Le temps est gris, la pluie a détrempé le sol, il parle des articles de journaux sur leur affaire, de la folie soudaine de l'inspectrice. Elle est silencieuse. Si au moins il notait son silence, elle pourrait en profiter. Mais non, il parle, il parle. De quoi ? Laureline tend la main vers sa bouche.
- Chut !
De l'autre main elle caresse ses doigts posés sur la barrière de bois.
- La petite bourge veut se payer un beur ?
Laureline le gifle avec une violence inouïe, il trébuche, elle tremble de tous ses membres, elle s'effondre en pleurs, se laisse glisser par terre, se recroqueville en fœtus, le visage dans la boue, elle est secouée de sanglots hoquetant. Elle plonge dans les larmes comme une noyée, elle pleure comme pleure un tout petit enfant, de toute son âme, de tout son corps. C'est ce que se dit Sofien qui ressent ses larmes en lui comme des percussions qui vous secouent de l'intérieur. Il est penché sur elle et il a honte comme jamais il n'a eu honte de toute sa vie, même pas quand l'instit de CE2 lui a dit qu'il parlait petit nègre. Ce jour-là il s'est juré de ne jamais parler beur. Il ne sait pas quoi faire, quoi dire. Pardon, pardon. La souffrance de Laureline est aussi forte que

celle de ses seize ans quand il a été humilié par deux flics qui l'ont fouillé au corps, aussi violente que celle de son oncle maternel le jour de l'accident qui l'a laissé handicapé. Il n'est plus temps d'avoir honte, il est temps d'aller vers Laureline et calmer son chagrin. Il s'assoit sur le sol, tout près d'elle, une jambe de chaque côté d'elle pour lui faire abri. La pluie s'est remise à tomber. Il la soulève tendrement, fermement. Il oublie tout : ses nuits d'angoisse et de désirs fous où le corps de Laureline le hantait, sa peur de trahir à nouveau, après les études, ses origines et sa classe sociale, ses raisonnements à la con où il tentait de se convaincre que désirer une « blanche » est un peu vicieux. Et elle était blanche, oui, blanche. Et française. Et lui ? De quelle couleur est-il ? Gris ? Gris ! Y a qu'à demander aux racistes, ils le savent bien, il est gris, il est arabe, pas français, sa carte d'identité française et son bon langage n'y changent rien. Bon Dieu ! Il se voyait avec les yeux des autres, de l'extérieur. Avec les yeux de Laureline ? Sûrement pas, c'est l'injurier que de l'imaginer, seulement l'imaginer. Pour elle, il est Sofien, elle est Laureline. L'Or, si simple et si complexe, multiple. On rencontre une femme et on s'aperçoit que ça s'écrit une femmes. Mais n'est-il pas un peu excité quand même qu'elle soit blanche, comme on dit ? Et n'est-elle pas excitée elle aussi, comme il vient de le dire de façon si ordurière, de sa peau cuivrée d'arabe ? L'amour

et la haine pourraient avoir le même ressort, l'attrait ou le rejet de la différence ? Il caresse ses cheveux roux. Son corps est en feu. Il n'a cessé d'en rêver, de ces caresses possibles, à portée de mains. Il a passé des journées entières à se cramponner pour ne pas l'appeler. Il écoute ses sanglots, ne reconnaît pas dans ses sons rauques cette voix claire et vive qu'il a guettée à chacune de leur rencontre, qu'il a gardée en lui précieusement pour aussitôt la rejeter farouchement. Habité, squatté. C'est possible de donner autant de pouvoir sur soi à une femme ? Maintenant rien n'importe que de retrouver le carillon de ses paroles. Mais il l'a étouffé…Pour toujours peut-être ?
De façon irrémédiable ?
- Dis-moi, parle-moi, ne pleure plus, je suis un imbécile, je ne tourne pas roue.
Il la prend par les épaules comme il l'a fait tout à l'heure quand elle est arrivée, tout fier de montrer aux copains, à lui-même, à elle, qu'il pouvait dominer l'ouragan qui brûlait en lui, surveillant cette seule partie de son corps qu'il ne commande pas, l'entre deux jambes qui pourrait le trahir. Mais n'est-ce pas plutôt le contraire ? Cet objet chéri de son corps, c'est lui, ce sont ses désirs à lui qu'il révèle. Il s'est donc identifié à ce qu'on attendait de lui de peur d'être le bounti, noir dehors, blanc dedans, transfuge. C'est par les a-priori d'une société de haine qu'il était squatté et non par son attirance

pour Laureline. Qui est le coupable, encore ? Ni coupable ni victime, il sera sujet de sa vie. "Va dans le sens de toi-même, se dit-il. Deviens ce que tu es." Une phrase qu'il découvre tout à coup. Comme Anis, il saura s'affranchir du destin. Le mektoub est une prison sauf à écrire de sa propre main ce qui est écrit. Le froid humide du sol monte dans ses cuisses à lui, dans ses jambes à elle. Ils se sentent ridicules l'un et l'autre, ils devraient se relever, aller se mettre au sec. Mais c'est comme s'ils avaient besoin que le malaise s'inscrive dans leur corps pour qu'il donne une limite à ce chagrin qui les habite, mêlé de désir fou. Le froid les anesthésie et transforme en cafard humide et tendre les larmes violentes de Laureline.

- Je t'aime, ne pleure plus, je t'aime tant.

Il caresse son visage de ses mains maculées de boue, elle sourit, il dessine sur ses joues des rivières boueuses.

- Je t'ai barboté le visage.

Elle sourit.

- On dit barbouillé !

Elle se redresse et dessine à son tour sur ses joues des lettres terreuses d'espoir.

- Tu écris ? Quoi ?
- Lis ! dit-elle.

Ils rient doucement. Ils se lèvent, enlacés.

- Tu sais, je…

Elle lui raconte, tout.

- Tu sais…

Il lui raconte, tout.
Ils marchent ensemble.

Et après, dites-vous ? Vivront-ils ensemble ?

L'amour, ce n'est pas toujours toujours.

Mais des fois, oui.

C'est vrai que je vous avais promis deux morts. Mais que faites-vous de mes scrupules ?

Un polar sans mort, ce n'est pas un polar ?

 Bon.

Ils marchent ensemble. AppuyéE l'un sur l'autre. Et ils meurent. Tous les deux. Renversés par un camionneur qui s'est endormi au volant de son camion de lait. Il a conduit quatorze heures sans s'arrêter, bien que ce soit formellement interdit, et depuis bien longtemps, par les Lois de l'Homme. Elles ont été votées juste après la terrible dictature Européenne qui a tenté d'éradiquer le mouvement des gilets jaunes en faisant déferler sur les ronds-points et dans les villes la violence policière et la criminalisation de chaque citoyen jusque-là réservées aux banlieues. Le chauffeur est réveillé par le choc, il braque violemment, le camion se renverse. Le lait coule sur la route vers les deux corps étendus. Sofien soulève la tête.
- Je te l'avais bien dit, L'Or, on aurait dû retourner sur nos pattes.
- On dit : sur nos pas, corrige-t-elle dans un souffle.
Elle s'efforce d'aller au bout de sa pensée : ou bien il faudrait dire, retomber sur nos pattes.
Ses yeux se ferment.

Ils sont étendus côte à côte, leurs têtes ensanglantées sont si proches que leurs cheveux se mêlent. D'une même couleur. Blancs.

Il a 101 ans. Elle, un peu moins.

Ce n'est pas vraisemblable ?
Mais c'est vrai !

La loi sur la sécurité quotidienne en 2001, la loi d'orientation et de programmation pour la justice (loi PerbenI), la loi sur la sécurité (loi Sarkozy) en 2002, la loi Sarkozy du 18 mars 2003 créent des délits sans victime : racolage passif (article 18), mendicité agressive (article 23), attroupement, outrage au drapeau.
Elles institutionnalisent la délation : possibilité de porter plainte sous X, impunité au repenti qui dénonce le co-auteur d'infraction.
La loi sur la prévention de la délinquance de 2007 exige que les professionnels d'Etat livrent les données scolaires et sociales au maire de la commune.
Le durcissement continu des lois sur l'immigration porte atteinte au droit fondamental de se marier et de vivre en couple en multipliant les reconduites à la frontière visant à empêcher un mariage avec un étranger.

Vrai :
Fait réel parmi d'autres faits réels, en janvier 2003, on comptait déjà 48 condamnations pour délit de fraude à la SNCF.
Fait réel, à Troyes, 8 jeunes de 17 à 27 ans sont condamnés de 6 à 24 mois de prison ferme pour "entrave délibérée" dans une entrée d'HLM. Et beaucoup d'autres.

Fait réel, Brice Petit qui le 28 avril 2004 a exprimé son désaccord face à la brutalité d'un contrôle policier dont il était témoin est poursuivi pour outrage et rébellion.

Fait réel, une maman d'origine togolaise, parce qu'elle avait tardé à prendre son ticket de bus est arrêtée avec son bébé, menottée, elle aura le poignet cassé. Elle est inculpée d'outrage et rébellion.

Fait réel, Nuray est poursuivie en 2008 pour "aide au séjour irrégulier" pour avoir logé pendant neuf mois son concubin turc sans-papiers.

Fait réel, Clément, menacé de mort dans son pays, amoureux et pacsé avec Cécile, française, conduit en centre de rétention, ne pourra pas se présenter devant la Commission de recours des Réfugiés qui doit réexaminer sa demande d'asile.

Et demain est déjà là.

2019
Le mouvement des gilets jaunes à son tour subit violences policières, nassages, emprisonnements multiples pour outrage et rébellion, des militants sont poursuivis pour délit de solidarité, et le président de la république fait un appel officiel à la délation.

Le serpent pique au cœur du pays.

Chantal Mirail

Une femmes, nouvelles au féminin pluriel
éditions Le A Martin éditions.

Des figues contre un mur de barbarie, roman
témoignage en Palestine,
éditions Ancre et Encre

Lapis lazuli, un hiéroglyphe à double lecture
éditions Ancre et Encre

Les légendes du chat
éditions Ancre et Encre